LES BONS LES MECHANTS

LES PERSONNAGES LES PLUS MARQUANTS DE L'HISTOIRE DU CINEMA

yb

Auteur : Fien Meynendonckx
Maquette : Slpend-ID (Jennifer Schleber)

YB Éditions
19, rue Martel 75010 Paris - France
Tel : +33 (0)1.42.46.08.82
www.ybeditions.com
infos@ybeditions.com

ISBN : 978-2-35537-062-5

Imprimé en Espagne en mars 2011

Publié en avril 2011
Dépôt légal : mai 2011

LES BONS
LES MECHANTS

LES PERSONNAGES LES PLUS MARQUANTS DE L'HISTOIRE DU CINEMA

yb

PREFACE

Des manipulations de Lex Luthor aux actes héroïques d'Indiana Jones. Le cinéma nous offre un panorama exhaustif des gangsters, policiers, psychopathes et super-héros.

Ce livre rassemble 125 des plus grands héros et scélérats qui traversent l'histoire du cinéma. Chaque film évoqué est accompagné d'illustrations, d'un bref synopsis ainsi que de scènes et de répliques cultes sélectionnées avec soin. Et pour chacun des personnages présentés, une échelle graduée allant de 1 à 10 détermine son degré de méchanceté. Vous irez à la rencontre de Rocky Balboa, Don Corleone, Jason Bourne, Ellen Ripley et encore beaucoup d'autres.

Les Bons et les Méchants s'adresse aux fans de cinéma du monde entier ; il propose de se remémorer des personnages incontournables et de redécouvrir des scènes oubliées.

Un seul but : vous donner l'envie de voir et de revoir tous ces films !

LES BONS LES MECHANTS

LES PERSONNAGES LES PLUS MARQUANTS DE L'HISTOIRE DU CINEMA

TABLE DES MATIERES

GANGSTERS ET POLICIERS

PERSONNAGES DECALES

SUPER-HEROS

FANTAISIE ET HORREUR

SCIENCE-FICTION

PSYCHOPATHES

PERSONNAGES REELS

INDESTRUCTIBLES

INCLASSABLES

LEGENDES

Alerte : détails qui révèlent l'intrigue

Informations techniques du film

Synopsis

Scène culte

Echelle 1 5 10

de méchanceté des personnages graduée de 1 à 10

Vainqueur d'un Oscar

Nommé aux Oscars

GANGSTERS ET POLICIERS

De tous les rôles de méchants, les gangsters ne sont pas les moins redoutables. Ils ont d'ailleurs été très souvent portés à l'écran. Don Corleone dans *Le Parrain*, Capone, Bonnie & Clyde… Nous les connaissons tous et ils nous sont familiers. Rien d'étonnant à ce que notre sympathie se tourne ainsi vers les méchants, car le monde auquel ils appartiennent est souvent synonyme de liberté et de richesses. Et pourtant, leur cruauté est parfois extrême, au point de rentrer dans la légende… Quant aux policiers — qui incarnent "le bras de la justice" — ils ont aussi leurs faiblesses. Il est frappant de constater que le policier de base ne respecte que rarement les règles et qu'il laisse volontiers le chaos sur son passage. En outre, il n'est pas rare qu'il jure davantage encore qu'un ivrogne — s'il n'est pas lui-même atteint du vice de la boisson. Pourtant, ne vous y trompez pas : on distingue de vrais héros dans leurs rangs ! Dans ce chapitre, nous vous démontrerons que la frontière qui sépare les bons des méchants est souvent très mince…

GANGSTERS ET POLICIERS

AL CAPONE
ROBERT DE NIRO

Les Incorruptibles (1987)
– Brian De Palma

Al Capone est un gangster américain qui, durant la Prohibition, dirige une organisation criminelle connue sous le nom de *The Chicago Outfit*. Si ses cartes de visite le présentent alors comme un vendeur de meubles d'occasion, il est davantage spécialisé dans la contrebande d'alcool... De fait, la ville de Chicago et ses notables sont à sa botte. Personnage de prédilection de nombreux réalisateurs de films et de téléfilms, c'est sous les traits de Robert De Niro, dans *Les Incorruptibles* de Brian De Palma, que ce personnage est le plus connu. Il paraîtrait même que l'acteur ait souhaité tourner avec des costumes confectionnés par le tailleur de Capone lui-même, afin de mieux s'imprégner du personnage. Du pur Stanislavski, donc, pour un résultat très probant. Interprété par De Niro, Capone devient une figure plus mythique que jamais.

Dans *Les Incorruptibles*, une scène illustre parfaitement le tempérament du personnage d'Al Capone. Prenant prétexte d'un aparté sur le baseball pour évoquer l'esprit d'équipe, le chef de clan s'adresse à ses lieutenants, qui savourent un cigare autour d'une table. Il parle de l'importance du respect du groupe pour atteindre ses objectifs personnels, et inversement. Alors que tout le monde opine à ses propos avec respect, il frappe violemment l'un d'entre eux à coups de batte de baseball. Affable, Al Capone est avant tout cruel comme une bête sauvage. Il n'est pourtant qu'un bandit ordinaire qui se croit au-dessus des lois pour la simple raison qu'il porte des costumes sur mesure.

1 5 10

" LES GENS VONT BOIRE – VOUS LE SAVEZ, JE LE SAIS, NOUS LE SAVONS TOUS – ET TOUT CE QUE JE FAIS, C'EST D'EN JOUER."

BONNIE & CLYDE
FAYE DUNAWAY & WARREN BEATTY

"POUR QUELQUES-UNS CE SERA LE CHAGRIN. POUR LA LOI, CE SERA UN SOULAGEMENT. MAIS POUR BONNIE ET CLYDE, CE SERA LA MORT."

Bonnie and Clyde (1967) – Arthur Penn

Le plus célèbre couple de braqueurs de l'Amérique pendant la Dépression a été immortalisé en 1967 à travers le film d'Arthur Penn. Inspiré entre autres par Truffaut et Godard, le réalisateur américain a alors posé les bases d'un "nouvel Hollywood". Si le film reçoit à sa sortie des critiques sévères en raison de son traitement du sexe et de la violence, il est cependant soutenu fermement par la célèbre critique Pauline Kael. Dieu merci. Bonnie (une Faye Dunaway riante et sensuellement émouvante) et Clyde (un Warren Beatty beau gosse et sûr de lui) se croisent alors que ce dernier essaie de voler la voiture de la mère de la jeune femme. Bonnie décide de le suivre et — avec son frère Buck (Gene Hackman) et son épouse Blanche (Estelle Parsons) —, ils forment le gang Barrow. Leurs braquages deviennent de plus en plus violents au fur et à mesure que leur notoriété s'agrandit. La relation entre les deux personnages évolue au cours de l'histoire, jusqu'à ce que naisse entre eux une véritable harmonie. Bonnie adopte progressivement la philosophie de vie de Clyde et, après une longue attente, Clyde finit par répondre aux attentes sexuelles de Bonnie.

La controverse tient pour beaucoup à la fin du film. Bien que peu de sang soit explicitement montré à l'écran, il l'est de manière détourné, grâce à une grande créativité plastique et esthétique. La scène finale est connue comme étant l'une des scènes de mort les plus marquantes de l'histoire du cinéma. Bonnie et Clyde sont trahis par le père de leur chauffeur et mécanicien, C. W. Moss. Alors qu'ils aident ce dernier à changer son pneu crevé, la police, armée de pistolets mitrailleurs, attend tapie dans les buissons. Quand les deux héros réalisent qu'ils sont tombés dans une embuscade, ils échangent un dernier regard et sont, dès cet instant, filmés au ralenti. Les secondes où ils sont transpercés de balles évoquent un ballet moderne ; le montage transmet l'illusion qu'ils sont abattus à plusieurs reprises, encore et encore. Un moment de cinéma impressionnant et particulièrement réussi.

1 5 10

CLARICE STARLING
JODIE FOSTER

Le Silence des agneaux (1991) – Jonathan Demme, *Hannibal* (2001) – Ridley Scott

Rôle repris par : Julianne Moore

Clarice Starling est connue grâce à l'interprétation qu'en a offerte Jodie Foster dans *Le Silence des agneaux*, d'après le roman de Thomas Harris. Afin d'attraper le tueur en série qui se fait appeler *Buffalo Bill*, la jeune femme déterminée collabore avec le cannibale Hannibal Lecter, psychiatre détenu sous haute surveillance. Il naît entre eux un respect mutuel et une tension érotique dévorante. *Hannibal*, la suite des aventures de Clarice Starling (apprécié du public mais vilipendé par les critiques), approfondit cette relation dix ans plus tard. Le rôle est alors repris par la magnifique Julianne Moore, dont l'interprétation est juste mais moins précise que celle de Jodie Foster. Clarice est devenue plus dure et cynique avec le temps. L'attirance entre les deux personnages principaux est également moins forte que dans *Le Silence des agneaux*, dont le rythme plus lent permettait de maintenir une tension presque insoutenable tout au long du film.

Dans la première scène du *Silence des agneaux*, Clarice fait de l'exercice physique dans un bois brumeux. Le ton du film est donné. La musique est menaçante sans que rien ne le justifie à priori et Clarice paraît déterminée. Dans le mouvement final au cours duquel elle affronte Buffalo Bill dans une cave obscure, anxieuse mais toujours animée par la même ténacité, nous la suivons à travers le prisme de lunettes de vision nocturne. Les scènes dans lesquelles Jodie Foster et Anthony Hopkins discutent de part et d'autre d'une paroi de verre sont également fortes, surtout lorsque Clarice se remémore et raconte son expérience traumatique de jeunesse...

1 5 10

" IL EST TOUJOURS AVEC MOI. COMME UNE MAUVAISE HABITUDE."

CODY JARRETT
JAMES CAGNEY

"J'AI RÉUSSI MAMAN.
J'AI ATTEINT LE SOMMET DU MONDE !"

L'Enfer est à lui (1949) – Raoul Walsh

Dans ce grand classique des films de gangsters, la violence est abordée avec détachement. Elle fait partie intégrante de la psychologie des personnages, qui considèrent le meurtre comme une dimension de leur vie professionnelle. Cody est le leader impitoyable d'une bande de gangsters ; pourtant, il est exagérément attaché à sa mère, sa seule vraie amie. En effet, tous ses amis sans exception mènent une vie secrète (qu'ils couchent avec la femme de Cody ou qu'ils soient "tout simplement" agents secrets). Cody est en proie à d'incessants maux de tête qui, d'abord révélateurs de ses frustrations affectives, s'avèrent très douloureux. Quand la migraine le frappe, sa vulnérabilité fait surface ; il en devient presque touchant. Avec sa voix tranchante, Cagney fait de Cody le portrait d'un être fatigué et bouffi, bien qu'il soit effectivement un gangster on ne peut plus crédible. Ce film demande une grande souplesse morale au spectateur, qui ne sait jamais s'il doit soutenir le policier ou supporter Cody.

Il est sans doute très improbable qu'un gangster du calibre de Cody Jarrett s'effondre sur les genoux de sa maman. Pourtant, ce sont bien ces moments chargés d'émotion qui font de *L'Enfer est à lui* un film unique et attachant. L'attaque psychotique du héros lorsqu'il apprend le décès de sa mère, ainsi que son explication désarmante du mythe du cheval de Troie, font que nous nous attachons à ce gangster impitoyable. La fin du film est quant à elle légendaire. Cody, totalement encerclé par la police, refuse de se rendre. Se tenant debout sur une citerne de carburant, il appelle une dernière fois sa mère avant qu'une immense explosion se produise.

1 5 10

FRANK SERPICO
AL PACINO

Serpico (1973) – Sidney Lumet

L'histoire de ce film s'inspire de la vie du policier new-yorkais Frank Serpico. Celui-ci fait ses premiers pas dans le métier — ce à quoi il aspire depuis son enfance — avec beaucoup de fraîcheur et d'ingénuité. Très vite, avec ses cheveux longs et sa barbe de hippie, il est considéré dans le milieu comme un drôle d'oiseau. Dès la première moitié du film, on apprend que presque tous les agents de police de New York sont corrompus et couverts par leurs supérieurs. Pour sa part, Serpico refuse de se laisser impliquer dans ces combines et veut tirer la sonnette d'alarme. Il devient de fait la cible de ses confrères, qui ne peuvent envisager de mettre un terme à leurs activités lucratives. Amer, Serpico entreprend alors une ultime croisade solitaire.

Ce film n'est pas un polar ordinaire. Interprété brillamment par Al Pacino, le héros témoigne d'un tempérament très complexe. La scène que l'on craint et que l'on attend tout au long du film — quand Serpico se fera-t-il coincer par ses collègues ? — est remarquable. Elle survient finalement au cours d'une perquisition chez un trafiquant de drogue. Les autres agents attendent alors volontairement trop longtemps avant de venir en aide à Frank... Ce dernier est alors atteint par une balle au visage.
Un retournement de situation qui sonne paradoxalement comme une libération : notre héros voit dès cet instant son intégrité reconnue aux yeux de tous.

1 5 10

" LA VÉRITÉ, C'EST QUE SI NOUS NE LAVONS PAS NOTRE PROPRE LINGE – IL DEVIENT DE PLUS EN PLUS SALE."

HANS GRUBER
ALAN RICKMAN

Piège de cristal (1988) – John McTiernan

L'acteur Alan Rickman le dit lui-même dans une interview : son personnage, Hans Gruber, n'est pas un bandit mais simplement un homme qui a fait un choix et veut atteindre son objectif coûte que coûte. Difficile d'être totalement d'accord avec lui. Ainsi, quand le personnage fait irruption avec sa bande dans un immeuble, il prend des individus en otage et se fait passer pour un terroriste qui défend une noble cause... Il incarne donc un voleur ordinaire, talentueux mais impitoyable. Sa barbe taillée avec précision, son accent allemand et sa diction "rickmanienne" sont caractéristiques (pensez à son "Ho Ho Ho"). Dans *Une Journée en enfer - Die Hard 3* (1995), c'est son frère qui incarne le méchant de service (Jeremy Irons est Simon Gruber). Un trait de famille se révèle : ce dernier fait croire qu'il veut venger la mort de Hans et prendre sa revanche sur John McClane (Bruce Willis), mais la raison sous-jacente est en réalité le vol d'une énorme fortune...

Hans Gruber est un vrai méchant qu'on a plaisir à détester. On attend avec impatience les moments où il apparaîtra à l'écran. S'il fallait n'en retenir qu'un, on choisirait certainement le passage où, voulant inspecter les explosifs, il tombe sur John McClane et se fait passer pour un otage angoissé... Son accent fait certes douter le policier, mais celui-ci ne peut guère prendre le risque d'abattre un innocent. McClane lui confie alors un pistolet non chargé et parvient une fois encore à s'échapper. La mort de Gruber — lorsqu'il tombe par la fenêtre au ralenti, le regard incrédule, plein d'angoisse et de colère — est également mémorable. Si vous aimez rire des bandits, sachez qu'il circule sur Internet un film d'animation dans lequel le professeur Rogue, de Harry Potter (une autre performance de Rickman), pense être Hans Gruber. Amusant.

1 5 10

HARRY CALLAHAN
CLINT EASTWOOD

"CONTINUE. MA JOURNÉE SERA BONNE."

L'Inspecteur Harry (1971) – Don Siegel, *Magnum Force* (1973) – *L'Inspecteur ne renonce jamais* (1976) – James Fargo, *Le Retour de l'Inspecteur Harry* (1983) – Clint Eastwood, *L'Inspecteur Harry est la dernière cible* (1988) – Buddy van Horn

Harry Callahan est un inspecteur de police de Los Angeles. Cet homme résout bien souvent ses enquêtes en un tour de main — tentatives de suicide ou braquages de banques. Et ceci même lorsqu'il est en pause café. Ce n'est pourtant pas sans raison qu'on le surnomme *Dirty Harry*... Car en effet, notre inspecteur n'hésite jamais à se taper le sale boulot. Sa technique : contourner le règlement pour une efficacité optimale. Pendant la cavale de Scorpio, un gangster dont les plans meurtriers paralysent la ville, il transgresse à quatre reprises la Déclaration des droits de l'homme ; une faute grave qui permet au psychopathe d'être libéré sans procès. Harry fera finalement le choix de tuer Scorpio, renonçant du même coup à son insigne de policier. Les opinions sur son personnage sont partagées, mais il est évident depuis le premier film qu'il apparaît comme une sorte de caricature ; un primitif obligé de se soumettre aux règles de la vie en société.

À deux reprises dans le premier épisode, Callahan prononce la phrase suivante au gangster qu'il menace avec son arme : "Tu dois te poser une seule question : 'est-ce mon jour de chance ?' Alors, qu'en dis-tu, connard ?". C'est alors qu'il lui montre que son arme est seulement partiellement chargée ; si Scorpio est en veine, il sera ainsi possiblement épargné. Si la situation tourne à son avantage la première fois, il est ensuite frappé par l'arme de Harry. Une scène pleine d'ambiguïté qui illustre parfaitement la mentalité de cet antihéros devenu culte.

1 — 5 — 10

JACK TRAVEN
KEANU REEVES

Speed (1994) – Jan de Bont

L'histoire de *Speed* est relativement simple. Une bombe est posée dans un bus ; elle est programmée pour exploser si la vitesse du bus venait à tomber en dessous de 80 km/h. Jack Traven, le héros du film, est un pur homme d'action. Policier efficace et fiable, il maîtrise aussi aisément les ascenseurs qui déraillent que les bus en folie. Le rythme effréné de l'action est l'attrait principal du film, bien plus que le caractère du héros qui manque objectivement de personnalité. Malgré tout, Keanu Reeves parvient à insuffler assez de crédibilité à Jack Traven ; il va droit au but, fronce de temps à autre les sourcils avec insistance et soutient efficacement l'action. Les répliques échangées avec sa partenaire, Sandra Bullock, font office d'interludes entre les scènes, au sein d'une mécanique bien huilée.

Le film est construit en trois parties : une introduction, une scène de poursuite centrale qui couvre environ les trois-quarts du film et un court épilogue. Il n'est donc pas étonnant que l'action soit la seule chose dont on se souvienne après l'avoir visionné. Fort heureusement pour ce film culte des années 90, on ne fait pas trop attention à ses incohérences, car l'intérêt est ailleurs. La scène la plus mémorable est sans conteste le moment où Jack se glisse sous le bus à l'aide d'une planche à roulettes dans le but de désamorcer la bombe. La planche tangue dangereusement avant d'être emportée sous les roues du bus, alors que notre héros se maintient à la seule force de ses bras au réservoir d'essence... Pas mal.

1 5 10

JOHN McCLANE
BRUCE WILLIS

Piège de cristal (1988), *Une Journée en enfer - Die Hard 3* (1995) – John McTiernan,
58 minutes pour vivre (1990) – Renny Harlin,
Die Hard 4 - Retour en enfer (2007) – Len Wiseman

John McClane est un véritable antihéros : brutal par nature, il se retrouve dans des situations telles qu'il sauve des personnes en détresse sans vraiment le chercher. Il ne peut s'empêcher de tout détruire sur son passage et de liquider ses ennemis de la manière la plus sanglante qui soit. Ou comme le dit sa femme : "Il n'y a que John pour rendre quelqu'un fou à ce point". S'il laisse entendre sans arrêt qu'il préférerait être ailleurs, ce n'est pourtant qu'une façade qui laisse transparaître son humanité et son charme. En à peine quatre films, il a démontré qu'il était passé maître dans l'art de libérer un otage, empêcher une attaque ou tuer des terroristes. Chapeau.

Dans l'une des premières scènes du film, John McClane retire ses chaussures à l'instant même où ses ennemis font irruption dans la pièce où il se trouve. Résultat : il passe le reste du film pieds nus — chose particulièrement remarquable lorsque son ennemi, Hans Gruber, tire sur les vitres, les faisant exploser. John doit alors marcher sur les débris de verre pour se sauver.
La rencontre avec son "partenaire" Zeus (Samuel L. Jackson) de *Une Journée en enfer - Die Hard 3* est également légendaire : en plein cœur du quartier noir de Harlem, McClane est contraint de se promener avec une pancarte sur le dos affichant un message raciste. Par chance, Zeus l'aidera à se sortir de cette situation ô combien périlleuse.

1 5 10

KEYSER SOZE
KEVIN SPACEY

" LE PLUS GRAND TRUC QUE LE DIABLE AIT JAMAIS EXPLOITÉ FUT DE CONVAINCRE LE MONDE QU'IL N'EXISTAIT PAS."

Usual Suspects (1995) – Bryan Singer

Cas d'école du scénario à suspense, *Usual Suspects* mérite d'être regardé par deux fois. Même si certains reprochent à l'histoire d'être incompréhensible, ce roman noir est fascinant, ne serait-ce que pour son personnage de bandit atypique : Keyser Söze. Le compte-rendu de Roger Kint — surnommé "Verbal" parce qu'il n'est pas bavard — est un récit à tiroirs. Kim, boiteux et guère malin, est l'un des deux survivants de l'incendie qui a ravagé un bateau dans le port de Los Angeles. Interrogé par un enquêteur, il raconte qu'il a rencontré quatre gangsters lors d'une identification de suspects. Sur ordre de Söze, l'équipe de malfrats se serait alors arrangée pour compromettre une vente de drogue de 91 millions de dollars et provoquer un incendie volontaire. Söze entretient sa légende : on raconte ainsi qu'il aurait tué sa propre famille dans le seul but de montrer que rien ne pourrait jamais l'atteindre.

La scène finale est LE grand moment de *Usual Suspects*. Lorsque Verbal quitte le poste de police, l'énigme autour de Keyser Söze semble résolue. Mais alors que le boiteux retrouve, comme par enchantement, une démarche normale au sortir du poste de police, l'inspecteur comprend qu'il s'est fait mener en bateau. La marque imprimée sous une tasse de café, identique au nom du bras droit de Söze et l'impression d'un portrait-robot confirmeront ses soupçons. Pendant ce temps, Söze disparaît pour, à priori, ne plus jamais refaire surface. Attribuons en outre une mention spéciale à la scène d'identification des suspects (regroupant entre autres Gabriel Byrne et Benicio del Toro), dans laquelle les 5 gangsters doivent prononcer la phrase suivante : "Donne-moi les clés, espèce d'enfoiré de suceur de bite". D'anthologie !

1 5 10

LEON
JEAN RENO

" PLUS TU DEVIENDRAS UNE PRO, PLUS TU SERAS PROCHE DU CLIENT. LE COUTEAU, PAR EXEMPLE, EST LA DERNIÈRE CHOSE QUE TU APPRENDRAS."

Léon (1994) – Luc Besson

Léon est à la fois un personnage invraisemblable et un être infiniment touchant. C'est un tueur à gages entraîné à rester invisible aux yeux de ses cibles afin de les "nettoyer" de la manière la plus efficace possible. S'il peut sembler froid à première vue, il est en réalité très sensible — pour preuve : sa plus fidèle compagne est une plante d'intérieur. Lorsque tous les membres de la famille de la jeune Mathilda (Natalie Portman) se retrouvent sauvagement assassinés après qu'un inspecteur de police psychopathe et toxicomane ait fait une descente dans leur appartement, Léon décide de la recueillir. Après de longues hésitations, il accepte de lui apprendre les ficelles de son métier afin qu'elle puisse se venger de l'homme qui a tué son petit frère. Un amour platonique naît bientôt entre ces deux personnages atypiques, leur apportant à chacun une grande humanité.

La relation qui s'instaure entre Léon et Mathilda est pour le moins ambiguë. Qu'une adolescente et un tueur naïf trouvent le bonheur ensemble, voilà qui paraît bien subversif... Les scènes dans lesquelles Léon montre à Mathilda comment manier les armes produisent également un effet surprenant. Mais c'est lorsque Léon imite John Wayne dans le cadre d'un jeu que l'on s'amuse le plus. La scène finale est déchirante ; Léon, prouvant son profond attachement à sa jeune amie, se sacrifie pour la sauver. Après l'avoir mise en sécurité, il fait en sorte de la venger de ses agresseurs et meurt dans une explosion finale qu'il a lui-même orchestrée.

1 5 10

MARTIN RIGGS & ROGER MURTAUGH
MEL GIBSON & DANNY GLOVER

"LES GARS COMME TOI NE MEURENT PAS SUR DES TOILETTES."

L'Arme fatale (1987), *L'Arme fatale 2* (1989), *L'Arme fatale 3* (1992), *L'Arme fatale 4* (1998) – Richard Donner

Dans l'inépuisable tradition des histoires d'amitié entre deux policiers incompatibles, Riggs et Murtaugh forment un tandem génial. Mel Gibson est Riggs, un type un peu cinglé au regard sauvage et à la coiffure insensée. Il traîne d'importantes séquelles sur le plan émotionnel (résultant probablement de sa période *Mad Max*) : suicidaire, il vient juste de perdre sa femme et se fiche totalement de mourir, ce qui fait de lui une sorte "d'arme fatale" car il est prêt à tout. Son nouvel associé, Murtaugh (Danny Glover), est un quinquagénaire qui souhaite au contraire prendre sa retraite au plus vite pour passer un maximum de temps avec sa famille. Les deux acolytes dévastent tout sur leur passage, mais les innombrables scènes de courses-poursuites et d'explosions qu'ils traversent ensemble leur permettent d'apprendre à se connaître et à s'apprivoiser.

Les sentiments sont au cœur de cette série de quatre films, dans lesquels on voit les deux héros, à fleur de peau, évoluer l'un à côté de l'autre. Dans une scène plus particulièrement, Riggs s'enchaîne à un autre suicidaire afin de l'empêcher de sauter d'un toit ; mais peu après, c'est lui qui décide de sauter. Dans une autre scène, Riggs découvre Murtaugh assis sur des toilettes dont il ne peut se lever au risque d'exploser. C'est à la fois émouvant, palpitant, dérangeant et drôle.

1 5 10

MICHEL POICCARD
JEAN-PAUL BELMONDO

À bout de souffle (1960) – Jean-Luc Godard

Film emblématique de la Nouvelle Vague française, *À bout de souffle* a joué un rôle important dans le domaine du cinéma du fait de son style visuel (les sautes d'images, les prises de vue caméra au poing, l'absence d'éclairage…) et de l'immoralité de ses personnages principaux. Michel Poiccard est un ex-steward d'Air France et un petit malfrat qui a tué un policier après avoir volé une voiture. Avec son costume à épaulettes et son Borsalino, il se donne des airs de caïd. Grand admirateur de Humphrey Bogart, qu'il cite et imite en pinçant les lèvres, il s'allume cigarette sur cigarette. Il marche dans Paris, dépouille sur sa route nombre de passants comme s'il allait acheter son pain, passe des coups de fil et lit le journal. Finalement, il tente de convaincre sa petite amie américaine, Patricia (Jean Seberg), de se rendre en Italie avec lui.

La longue scène se déroulant dans la chambre de Patricia est mémorable. Avec Michel, ils tiennent des conversations insignifiantes, se disputent et font l'amour. Mais c'est la scène dans laquelle Michel meurt qui marque surtout les esprits. Abattu après avoir été dénoncé à la police par sa petite amie, il continue à marcher dans la rue, péniblement, sa cigarette toujours au coin des lèvres. Ses dernières paroles seront répétées mais volontairement déformées à Patricia. À l'époque, le film fait sensation pour ses audaces scénaristiques ; on se souvient notamment de la scène où Michel évoque les jupes très courtes des Parisiennes, arrête le taxi dans lequel il se trouve avec Patricia et soulève la jupe d'une passante. En parlant d'amoralité…

1 5 10

NOAH CROSS
JOHN HUSTON

" LA PLUPART DES GENS N'ADMETTRONT JAMAIS QU'AU BON MOMENT ET AU BON ENDROIT, ILS SONT CAPABLES DE... TOUT."

Chinatown (1974) - Roman Polanski

Dans *Chinatown*, tout est décrit du point de vue de Jake Gittes, un détective privé. Pourtant, c'est bien Noah Cross, un homme d'affaires local, qui attire l'attention sur lui. Ce dernier s'est mis tout Los Angeles dans la poche et laisse planer une ombre énigmatique sur l'ensemble du film malgré ses rares apparitions. La nervosité de sa fille (Faye Dunaway) lorsqu'elle parle de lui est révélatrice de son influence. La performance de John Huston contribue à la prestance de Cross, qui témoigne d'une certaine schizophrénie : dans un sens, c'est un sale type qui ne ressent ni honte, ni culpabilité ; mais c'est aussi un individu charmant, surtout quand il s'agit d'entretenir sa position de "meilleur ami" des policiers et des politiques. Il est l'incarnation parfaite de la corruption morale et politique.

Mises à part les conversations entre Jake Gittes et Noah Cross, *Chinatown* s'impose comme un grand film noir par son refus du compromis. Le mal triomphe en dépit de la morale, point. Polanski déclare d'ailleurs qu'un tel film ne pourrait plus être réalisé aujourd'hui. Les studios n'autoriseraient pas qu'un monstre tel que Cross survive et reste impuni alors que tous les autres personnages importants finissent du côté des victimes. En effet, la fille du personnage meurt en tentant de le dénoncer ; quant à sa petite-fille, qui lui est finalement confiée, elle devient l'objet de ses perversions. Au fond, la conclusion ne pourrait pas être pire, et c'est bien là la force du film. Une œuvre sur la sécheresse et la corruption, passionnante, gracieuse et sans issue.

1 5 10

TOMMY DeVITO
JOE PESCI

Les Affranchis (1990) – Martin Scorsese

Cette épopée sur la grandeur et la décadence de trois gangsters, basée sur le livre de Nicholas Pileggi, est narrée par Henry Hill (Ray Liotta). Si tous les comédiens brillent dans cette production de Martin Scorsese, Joe Pesci, lui, crève littéralement l'écran. Son interprétation inquiétante d'un Tommy DeVito qui se place au-dessus de tout lui a valu un Oscar. C'est un type joyeux mais lunatique et agressif, ce qui lui vaut d'être souvent au cœur des conflits. Un être glacial qui, après avoir commis un meurtre de sang froid, se rend chez sa mère (jouée par la mère de Scorsese) pour récupérer des outils et enterrer le corps de la victime. Ou qui, lorsque le patron de la mafia se permet de lui faire une remarque, perd tout contrôle de lui-même et le réduit en miettes. Un meurtre qui finira d'ailleurs par lui coûter la vie — preuve qu'un crime mafieux ne reste pas toujours impuni.

Avec Tommy DeVito, l'ambiguïté est omniprésente. D'une seconde à l'autre, il peut totalement changer d'attitude et basculer d'une humeur joyeuse à une colère homérique. On le constate d'ailleurs dès le début du film, au cours d'une scène où il raconte une histoire drôle. Lorsque son comparse Henry Hill s'esclaffe de sa blague, il change subitement de ton et prend un air sévère. Comme un tel revirement se produit à plusieurs reprises dans le film, le spectateur finit par appréhender le moment où Tommy sortira de ses gonds. Il faut dire que ce dernier se hérisse à la moindre insulte et ne se laisse jamais marcher sur les pieds, quel que soit son opposant. Le malaise est évident lorsqu'il s'en prend à un barman et le tue sans véritable raison. La mort de Tommy, à son tour, arrive sans qu'on s'y attende : alors qu'on promet au caïd un poste de lieutenant dans l'organisation, il reçoit en lieu et place une balle dans la tête.

1 5 10

TONY MONTANA
AL PACINO

Scarface (1983) – Brian De Palma

Tony Montana revisite le personnage central du *Scarface* de Howard Hawks (1932), Tony Camonte, alors interprété par Paul Muni. Al Pacino, très souvent parodié aujourd'hui, a assis sa notoriété avec ce rôle et celui de Michael Corleone dans le film *Le Parrain*. *Scarface* raconte l'ascension et la chute d'un immigré cubain gangster à Miami. Son assurance bluffe ses patrons et il devient rapidement un caïd richissime. Mais Montana finira par tomber de haut après être devenu le premier consommateur de la cocaïne qu'il revend. Résultant d'une collaboration entre Brian De Palma, Oliver Stone et Al Pacino, *Scarface* est devenu culte. Le film n'est pourtant pas une perle de subtilité. L'accent cubain très exagéré, le script récité, les lieux, les costumes et les musiques, sont extravagants. Tout contribue en effet à donner l'impression aux spectateurs qu'ils assistent à un opéra.

Dès le début du film, Montana assiste au "démembrement" de l'un de ses amis au moyen d'une tronçonneuse. La violence est extrême, mais elle n'est pourtant pas montrée directement : on ne voit en effet que le sang de la victime qui éclabousse le visage de Tony. La dernière scène du film est également prodigieuse. Après avoir tué son meilleur ami, à savoir l'époux de sa sœur, Tony Montana se tient assis à son bureau face à une montagne de cocaïne. Il plonge bientôt la tête dans le tas de poudre et en garde de larges traces sur le visage. Sa sœur entre à ce moment-là dans la pièce et finit par dire tout haut ce que tout le monde pense : Tony fait en sorte de garder la drogue pour lui tout seul. Une minute plus tard, ils sont tous les deux morts — juste le temps pour Tony de prononcer une réplique culte : "*Say Hello to my little friend*" ("Dis bonjour à mon petit ami").

1 5 10

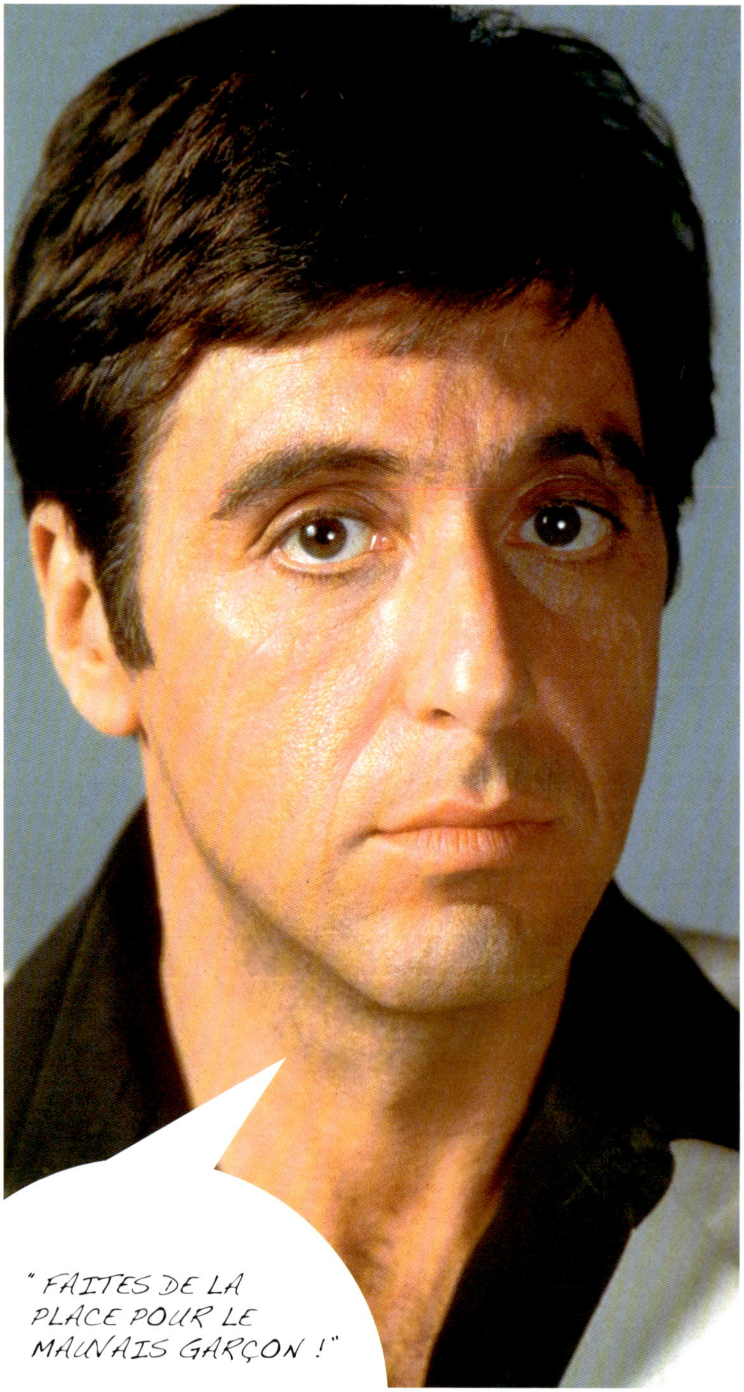

VIC VEGA ALIAS MR. BLONDE
MICHAEL MADSEN

Reservoir Dogs (1992) - Quentin Tarantino

Vic Vega, alias *Mr. Blonde*, est l'un des six gangsters à participer au casse dans *Reservoir Dogs*. Placés sur écoute, les malfrats sont attendus et échouent dans leur tentative ; c'est là que le film débute véritablement, lorsque la caméra de Tarantino s'attache à suivre les survivants de l'attaque. Vic (qui se trouve être le frère jumeau de Vincent Vega, alias John Travolta dans *Pulp Fiction*) est un psychopathe patenté. Il capture un policier et l'emmène dans la planque où les bandits ont convenu de se retrouver pour partager le butin. Alors que les deux hommes restent en retrait, Vic torture son otage. Puis tous les protagonistes meurent l'un après l'autre. On suppose en effet que *Mr. Pink* est abattu par la police lorsqu'il s'enfuit.

La torture de l'otage est sans doute la scène la plus mémorable du film. Vic Vega allume la radio où l'on passe "*Stuck in the Middle with You*", de *Stealers Wheel*. Après un petit pas de danse, Vega tranche l'oreille droite de sa victime à l'aide d'un rasoir et termine en disant : "Était-ce aussi bon pour toi que pour moi ?". Puis il asperge le policier d'essence dans le but de le brûler vif, mais en est empêché *in extremis* par *Mr. Orange*, un policier infiltré. La musique bien sentie, le style léché de Michael Madsen et la cruauté burlesque du personnage font de cette scène un moment culte de cinéma. Et bien que *Reservoir Dogs* soit un film controversé du fait de sa violence, tout ce qui nous est montré à l'écran demeure d'une grande sobriété...

1 5 10

VITO CORLEONE

MARLON BRANDO & ROBERT DE NIRO

Le Parrain (1972), *Le Parrain 2* (1974) – Francis Ford Coppola

Le Parrain est devenu LA référence du genre grâce aux interprétations de Brando et d'Al Pacino. Le râle si souvent copié de l'inimitable Brando fait aujourd'hui partie du mythe ; l'acteur tournait en effet avec du coton dans la bouche pour obtenir ce timbre de voix. Pourtant, à l'époque, les producteurs avaient craint d'être contraint à sous-titrer le film pour des raisons de compréhension. Vito Corleone est un immigré sicilien qui devient hors-la-loi pour se faire une place à New York en 1917. S'il est au centre du premier épisode, son rôle devient ensuite secondaire. C'est un homme d'honneur, bon envers sa famille et ses amis. Il aime tellement son jardin et ses petits-enfants qu'on en oublie presque qu'il doit son nom et sa situation à la prostitution, au meurtre et à la corruption. Son fils, Michael Corleone, prendra par la suite la relève, sous les traits d'Al Pacino. Ce très cher Don Vito mérite le respect.

Le Parrain a été largement cité et parodié. Il doit en grande partie son succès à l'interprétation de Brando qui a révélé toute la grandeur du personnage — un homme autoritaire et au dessus des lois. Le bout d'essai de Brando pour le rôle s'est d'ailleurs imposé comme une scène d'anthologie : il avait souhaité donner à son personnage un air de bouledogue, et chacun s'accorde à dire qu'il a su littéralement transcender un personnage de légende. Au terme du premier épisode, Don Corleone succombe à une crise cardiaque alors qu'il joue dans les plants de tomates avec son petit-fils. Une mort paisible et idéale pour un homme qui, bien que responsable de la disparition de nombreux individus, fait preuve d'un attachement sans bornes envers les membres de sa famille.

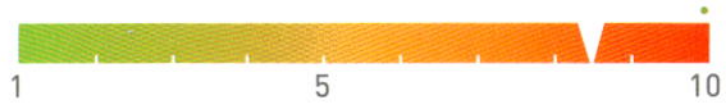

PERSONNAGES DECALES

Les personnages décalés présentés dans ce chapitre démontrent que, dans un film, on peut rire à gorge déployée avec les bons comme avec les méchants. Les personnages les plus drôles sont souvent ceux qui se prennent trop au sérieux alors qu'ils sont minables. Qu'ils se voient en héros ou comme les pires affreux, ils sont invariablement maladroits. Dans cette catégorie, on retrouve des personnages qui ne souhaitent pas être drôles, mais qui nous font rire malgré eux. Puis ceux qui nous émeuvent et nous amusent, sans prétention. Des plus excentriques, comme l'inspecteur Clouseau et Austin Powers, aux plus modestes, comme Danny Ocean et Marge Gunderson, ils ont pour point commun de nous divertir. Pour un rire ou pour une larme, pour un divertissement hilarant ou discret : il y en a pour tous les goûts, dans tous les genres et tous les rôles.

PERSONNAGES DECALES

AGENT J & AGENT K
WILL SMITH & TOMMY LEE JONES

"TU VOIS ÇA, HEIN ? DPNY !
ÇA VEUT DIRE QUE JE VAIS BOTTER TON CONNARD DE DERRIÈRE !"

Men in Black (1997), *Men in Black II* (2002), *Men in Black III* (2012) - Barry Sonnenfeld

La série des *Men in Black*, dont le sujet est l'activité d'une organisation gouvernementale qui doit réguler la vie extraterrestre sur notre planète dans le plus grand secret, est issue de l'imagination florissante de l'éditeur Aircel Comics. L'agence à laquelle appartiennent les "MIB" est composée d'individus dépouillés de leur nom et de leur personnalité, à l'instar de l'agent K (Tommy Lee Jones). J (Will Smith) est à son tour accepté au sein de l'agence après avoir passé un examen témoignant de ses aptitudes exceptionnelles et de son indépendance. Les deux agents vont devoir travailler ensemble — point de départ d'un grand nombre de situations irrésistibles.

Dans le premier épisode, K entraîne J ; dans le second, c'est l'inverse. Tommy Lee Jones ne se souvient plus de rien concernant son emploi chez les MIB. Il travaille dans un bureau de poste, mais Will Smith doit impérativement faire en sorte qu'il retrouve la mémoire afin qu'ils puissent ensemble sauver le monde. Pour le reste, le film est parsemé de scènes surprenantes dans lesquelles les deux acteurs font preuve de beaucoup d'humour. La scène où J décroche son examen en surpassant tous ses concurrents guindés (alors même qu'il ignore totalement pourquoi il se trouve là...) est particulièrement drôle. Il faut également citer le *Neuralizer*, ce "truc qui clignote" et permet aux agents d'effacer la mémoire de leurs ennemis. Divertissement garanti.

1 5 10

AUSTIN POWERS
MIKE MYERS

Austin Powers (1997), *Austin Powers - L'espion qui m'a tirée* (1999), *Austin Powers dans Goldmember* (2002) - Jay Roach

Austin Powers est un agent secret britannique qui, pour lutter contre le Dr. Evil (également joué par Myers), est téléporté des années 60 aux années 90. En compagnie d'Alotta Fagina, il prêche l'amour libre et affiche un torse encore plus velu que celui de Sean Connery. Powers et le Dr. Evil sont les caricatures de l'époque qu'ils parodient : celle des *James Bond* et des *Beatles* — les années 60 en général. Dans cette série de films, tout est exagéré pour former un tohu-bohu volontairement gras et terriblement éhonté. Le tempérament de Powers est sa principale force ; il est naïf, mais sincère et enthousiaste. Il est également insatiable de sexe, et sa force réside d'ailleurs dans son "mojo" (qu'il décrit comme son énergie sexuelle). Jusqu'au jour où le Dr. Evil lui vole son précieux bien pour le rendre vulnérable.

La série des *Austin Powers* n'est pas portée par son récit mais par ses séquences humoristiques. La chorégraphie de Powers faisant le tour de sa chambre d'hôtel complètement nu, ses parties intimes à chaque instant dissimulées au regard, est tout simplement hilarante. On retrouve une scène similaire dans le second opus, avec cette fois un jeu d'ombres et de lumières plus ou moins subtil. Les nombreuses références à James Bond sont elles aussi magistrales ; elles se succèdent inlassablement dans des scènes exagérées et bourrées d'anachronismes. Au final, le Dr. Evil ne parvient jamais à tuer Austin Powers, les méchants sont rapidement vaincus, les seconds rôles sont sérieux et les femmes sont soumises.

1 5 10

AXEL FOLEY
EDDIE MURPHY

"CECI EST LA VOITURE DE POLICE LA PLUS CHOUETTE ET LA PLUS PROPRE QUE J'AI VUE DE TOUTE MA VIE. CE TRUC EST ENCORE MIEUX QUE MON APPARTEMENT."

Le Flic de Beverly Hills (1984) - Martin Brest, *Le Flic de Beverly Hills II* (1987) - Tony Scott, *Le Flic de Beverly Hills III* (1994) - John Landis

Dans le premier film de la série, Axel Foley est un agent de police de Détroit qui enquête à Los Angeles dans le but de résoudre le meurtre de son meilleur ami. Comme la plupart des (meilleurs) policiers, il se montre très souple à l'égard du règlement. Los Angeles, propre et policée, est l'endroit rêvé pour lâcher un phénomène du style de Foley : action et humour sont inévitables. Le son du synthétiseur des années 80 et les mélodies du film soutiennent cette recette qui fonctionne.

Personne ne peut résister au rire d'Eddie Murphy dans la peau d'Axel Foley. Même ce qui n'est pas drôle devient hilarant lorsqu'Axel commence à faire entendre son irrésistible gloussement. Le moment du film le plus souvent cité est une blague qui revient régulièrement dans le premier opus : "la banane et le pot d'échappement". Axel est suivi par deux agents stationnés devant son hôtel. Pendant qu'il détourne leur attention en envoyant un service d'étage à leur voiture, il coince une banane dans le tuyau d'échappement du véhicule. La filature tourne court. Et encore plus hilarant : la scène où Axel Foley se moque d'un autre agent, noir lui aussi, invoquant le fait que ses "bananes dans le tuyau" n'ont pas l'accent maison.

1 5 10

CAPITAINE JACK SPARROW

JOHNNY DEPP

Pirates des Caraïbes, la malédiction du Black Pearl (2003), *Pirates des Caraïbes - Le Secret du coffre maudit* (2006), Pirates des *Caraïbes - Jusqu'au bout du monde* (2007) – Gore Verbinski, *Pirates des Caraïbes - La Fontaine de jouvence* (2011) – Rob Marshall

Bien que Jack Sparrow n'apparaisse pas dans l'attraction d'origine qui a inspiré le film *Pirates des Caraïbes*, les choses ont depuis bien changé. Il ne fait aucun doute que cette dernière doit son second souffle au succès des longs-métrages. Johnny Depp a quant à lui été bien inspiré de se lancer dans cette aventure, qui lui a permis de passer du statut de "poison du box-office" à celui d'immense star "*bankable*". À ses côtés, Orlando Bloom paraît bien pâle malgré ses airs de jeune premier. Il ne fait définitivement pas le poids face au charisme du Capitaine Jack Sparrow, pirate pour le moins instable mais au cœur charitable.

Le Capitaine Jack Sparrow sait mieux que quiconque rendre les autres fous. Il élabore des plans ingénieux pour tromper tout le monde, et lui même n'arrive pas toujours à suivre tout ce qu'il dit tant il embrouille ses interlocuteurs. La première scène du film, lorsque Jack arrive à Port Royal, trahit immédiatement l'ambiguïté du personnage. On y voit, sur fond de musique héroïque, le Capitaine Sparrow accroché en haut du mât de son bateau, cheveux au vent, dans une posture altière. Quelques instants plus tard, on découvre que son embarcation n'est en fait qu'une petite coquille de noix ! Bien évidemment, avant même qu'elle n'arrive à quai, cette dernière est totalement engloutie par les eaux...

1 5 10

CARL SHOWALTER & GAEAR GRIMSRUD
STEVE BUSCEMI & PETER STORMARE

Fargo (1996) – Joel Coen

Fargo offre un excellent exemple du "crime parfait qui tourne mal". Pourtant, à y regarder de plus près, on aurait pu également parler d'une tentative de meurtre vouée à l'échec en raison de l'incompatibilité et de l'incompétence de ses exécutants. Steve Buscemi incarne Carl Showalter, un râleur nerveux qui a un penchant prononcé pour le vocabulaire gras. Le silencieux Gaear Grimsrud aime quant à lui les crêpes et ressemble au cow-boy Marlboro (il est en outre un gros fumeur). Son accent est aussi peu défini que son nom et il est irascible. Contre une part de la rançon, ils doivent kidnapper la femme de leur commanditaire. Cependant, lorsqu'ils sont arrêtés par un policier, Gaear se débarrasse de l'officier ainsi que de deux passants innocents. Ils reprennent alors leur plan initial, mais en laissant de lourds indices derrière eux. C'est ainsi que le détective Gunderson se met à leurs trousses, remontant leur piste lentement mais sûrement...

La scène choc de *Fargo* est sans conteste celle où Grimsrud abat froidement son partenaire dans un accès de colère. Peu après, il se fait surprendre par le détective Gunderson, au moment même où il s'apprête à cacher le corps de Carl dans une déchiqueteuse à bois. On voit alors la neige devenir rouge sang et le pied du cadavre sortir de la machine revêtu d'une chaussette blanche. Truffée de détails, cette scène est à la fois horrible et irrésistiblement drôle. Tout au long du film, on aime aussi être témoin du drôle de couple que forment Gaear et Carl — le premier impitoyable et le second anxieux.

" RESTEZ TRANQUILLE, LÀ DERRIÈRE, MADAME, OU JE VAIS DEVOIR, VOUS SAVEZ, VOUS FLINGUER."

DANNY OCEAN
FRANK SINATRA

GEORGE CLOONEY

L'Inconnu de Las Vegas (1960) – Lewis Milestone, *Ocean's eleven - Faites vos jeux !* (2001), *Ocean's Twelve* (2004), *Ocean's Thirteen* (2007) – Steven Soderbergh.

Danny Ocean est un gentleman cambrioleur. Aimable, décontracté et charmant, il parvient avec peu de mots à faire et obtenir beaucoup. On a rarement vu escroc aussi sympathique — notamment lorsqu'on le compare aux propriétaires de casinos et aux malfrats au milieu desquels il évolue. À la tête d'une équipe qui tient un rôle important dans les films, il est difficile de considérer Danny comme un individu solitaire. Dans la version de 1960, ce sont les membres du fameux Rat Pack qui mènent la danse (Frank Sinatra, Sammy Davis Jr., Dean Martin...). Dans les versions plus récentes, ils ont été remplacés par Brad Pitt, Matt Damon et Don Cheadle. Ensemble, ils contribuent à la renommée de la saga *Ocean*.

Le secret de cette série (où tout se passe en réalité beaucoup trop facilement) réside dans les dialogues entre les stars mises en présence. Les personnages emploient un jargon compris d'eux seuls et prennent des postures on ne peut plus sérieuses, en total décalage avec la bande d'ados attardés qu'ils incarnent à l'écran. Cela donne lieu à bon nombre de scènes irrésistibles, notamment lorsque Ocean et Rusty (Brad Pitt), réunis avec un commanditaire, s'adressent l'un à l'autre dans un langage secret, et que Linus (Matt Damon), faisant irruption et voulant jouer avec les grands, fait presque tout capoter parce qu'il ne les comprend pas. De même lorsque Rusty et Ocean se retrouvent chamboulés en regardant une émission d'Oprah Winfrey, où celle-ci offre une maison à une famille.
Ou quand Ocean, sur un pont d'Amsterdam, se dévoile à Rusty alors que celui-ci est déjà parti depuis bien longtemps ; ou les blagues sur l'âge de Danny Ocean qui font en réalité allusion à l'âge de George Clooney...
Et il y en a encore tant d'autres !

1 5 10

" JE NE SAIS PAS CE QUE VALENT QUATRE NEUF MAIS L'AS, JE PENSE, DOIT VALOIR BEAUCOUP."

HARRY LIME & MARV MERCHANTS
JOE PESCI & DANIEL STERN

"TOUS LES GRANDS LAISSENT UNE TRACE. NOUS SOMMES LES CASSEURS FLOTTEURS"

Maman, j'ai raté l'avion ! (1990),
Maman, j'ai encore raté l'avion (1992) - Chris Columbus

Harry Lime & Marv Merchants se prennent très au sérieux ; pourtant, ce sont des voleurs on ne peut plus maladroits. Ils vident des maisons pendant que leurs propriétaires sont en vacances et laissent la plupart du temps les robinets ouverts. Cette année, Harry se fait passer pour un agent de police pour s'informer des dates de départ des résidents et des moyens de protection dont leur maison est équipée. Alors que leur résidence "cible" ne devait pas être surveillée, ils ont finalement affaire à Kevin McCallister (Macaulay Culkin), un jeune garçon laissé par erreur à son domicile. Le reste fait partie de l'histoire. Joe Pesci est toujours parfait dans les rôles de raté exubérant. Quant à son acolyte (Daniel Stern), il s'impose grâce à un cri resté dans les annales.

Celui qui ne rit pas aux farces et attrapes inventées par Kevin est intraitable. Petit florilège : les escaliers verglacés sur lesquels Harry et Marv tombent encore et toujours avant même d'avoir franchi le seuil de la maison ; le fer à repasser que Marv reçoit en pleine figure ; le bec bunsen qui manque de scalper Harry ; la poignée de porte brûlante ; le tir de briques ; ou encore l'électrocution de Marv... De véritables plaisirs coupables !

1 5 10

JACQUES CLOUSEAU

PETER SELLERS

La Panthère rose (1963), *Quand l'inspecteur s'emmêle* (1964), *Le Retour de la panthère rose* (1975), *Quand la panthère rose s'emmêle* (1976), *La Malédiction de la panthère rose* (1978), *L'Héritier de la panthère rose* (1983) – Blake Edwards, *L'Infaillible Inspecteur Clouseau* (1968) – Bud Yorkin, *La Panthère rose* (2006) – Shawn Levy, *La Panthère rose 2* (2009) – Harald Zwart

Rôle repris par : Alan Arkin, Roger Moore, Steve Martin

L'Inspecteur Clouseau est surtout connu sous les traits de Peter Sellers. Ce policier français incroyablement maladroit a néanmoins été promu inspecteur en chef et bénéficie d'une solide réputation auprès de ceux qui ne l'ont encore jamais croisé. La réalité est qu'il résout, grâce à une chance hors du commun, toutes les affaires sur lesquelles il travaille (et qui consistent le plus souvent à mettre la main sur le fameux diamant portant le nom de "Panthère rose"). Son ego démesuré et sa ferme conviction d'être un brillant inspecteur rendent sa gaucherie amusante ; il se donne des airs de notable, mais laisse invariablement un véritable champ de bataille derrière lui. En outre, il exaspère ses collègues sans jamais s'en rendre compte.

On retient l'accent français de Clouseau qui s'amplifie avec le temps (il prononce, par exemple, "pheun" au lieu de *phone* et "reum" à la place de *room*), jusqu'au moment où même les Français ne parviennent plus à le comprendre ! Son assistant chinois, Cato, est tout aussi amusant. L'inspecteur lui demande sans cesse de l'attaquer au moment le plus inattendu afin d'entraîner ses réflexes et de le maintenir le plus aguerri possible. Bien que Clouseau agisse comme s'il était le patron, Cato le surprend toujours (en sautant du frigidaire par exemple) et provoque l'hilarité générale.

1 5 10

JULES WINNFIELD & VINCENT VEGA
SAMUEL L. JACKSON & JOHN TRAVOLTA

Pulp Fiction (1994) – Quentin Tarantino

Jules (Samuel L. Jackson) et Vincent (John Travolta) sont deux tueurs à gages payés pour exécuter tout le sale boulot que leur confie leur patron, Marsellus Wallace — comme retrouver une valise, divertir sa femme ou faire disparaître un boxeur gênant. Ils sont cintrés dans leurs costumes noirs et, bien qu'ils doivent liquider pas mal de monde, ils entretiennent un nombre invraisemblable de conversations creuses. Leurs sources d'inspiration vont du voyage que Vincent a effectué en Europe aux hamburgers, en passant par les massages des pieds ou les cochons. Le personnage de Jules est philosophe et croyant. Le jour où il survit à une pluie de balles, il veut démissionner. Pour lui, c'est un signe de Dieu. Vincent, lui, est beaucoup plus sobre que son collègue...

La scène la plus pastichée du film est celle dans laquelle Jules cite Ézéchiel, chapitre 25, verset 17, avant d'éliminer sa cible. On retient également le concours de danse qui fait s'affronter Vincent Vega à Mia Wallace — une scène qui ne manque pas d'évoquer les talents de danseur de Travolta, alors surtout connu pour son film *La Fièvre du samedi soir*. Ce rôle dans *Pulp Fiction* a insufflé un nouvel élan à sa carrière. La meilleure partie du film réunissant les deux acolytes est la scène où Vincent tue Marvin (l'informateur de Jules) par accident dans l'automobile. Il faut le voir pour le croire : un meurtre peut être aussi bête que cela.

1 5 10

MARGE GUNDERSON
FRANCES MCDORMAND

Fargo (1996) – Joel Coen

Marge Gunderson est un inspecteur de police de Brainerd, dans le Minnesota — région connue pour son climat rude. Enceinte de sept mois, elle est chargée d'enquêter sur un triple meurtre, survenu dans le cadre d'un enlèvement qui a mal tourné. Le commanditaire de l'enlèvement, Jerry Lundegaard (William H. Macy), est un insignifiant vendeur de véhicules d'occasion. L'enthousiaste Marge est incarnée par Frances McDormand (l'épouse du réalisateur, Joel Coen), virtuose de justesse et de comique. Si son dialecte populaire (*"Aw, geez!"*) la fait passer pour une idiote, elle demeure pourtant le personnage le plus perspicace du film. C'est une enquêtrice déterminée qui poursuit ses pistes avec bonne humeur et application.

Frances a la capacité de charmer son auditoire grâce à son dynamisme et à son accent atypique. L'interrogatoire des deux prostituées (*"Yah!"*) et de Jerry Lundegaard est savoureux. Citons également la scène dans laquelle Marge est vitime de nausées matinales en pleine inspection de la scène du crime. Mais l'apothéose vient à la fin du film, lorsque la jeune femme arrête l'un des coupables... Elle prononce alors une série de répliques quasi philosophiques... Nous sommes tous conquis !

1 5 10

MARTY McFLY
MICHAEL J. FOX

Retour vers le futur (1985), *Retour vers le futur II* (1989), *Retour vers le futur III* (1990) - Robert Zemeckis

Marty McFly a dix-sept ans et est le meilleur ami du Dr. Emmett Brown (dit ''Doc'', interprété par Christopher Lloyd). Franchement déjanté, ce dernier est le génial inventeur d'une machine à remonter le temps : la fameuse DeLorean. Dans le premier épisode, Marty se retrouve catapulté en 1955, où sa propre mère tombe amoureuse de lui. C'est ainsi qu'elle ne se laisse pas séduire par le père de Marty, remettant dès lors en cause l'existence même du jeune héros. Ce dernier n'a pas le choix : il lui faut absolument réunir ses parents, sans quoi les événements à venir seront à jamais bouleversés. Si Marty n'est pas un cerveau, à l'instar de son ami Doc, il ne manque pas de courage et de dévouement envers ses amis. Autre signe distinctif : il ne supporte pas qu'on le traite de lâche...

Les trois films de la série sont liés par des scènes récurrentes — dont celle du skateboard, que Marty fait découvrir aux contemporains des années 50. Anachronismes et comiques de situation donnent un caractère très plaisant à la série. Autre scène mémorable : Marty jouant "*Johnny B. Goode*" à la guitare au bal de l'école de 1955. Son solo un peu trop enlevé et fortement marqué "années 80" scotche tout le monde. Autre détail amusant : les surnoms de Marty dans chacun des trois épisodes. On l'appelle Pierre dans le premier, à cause de l'étiquette ''Pierre Cardin'' cousue sur le col de sa chemise. Et lorsqu'on lui demande de se présenter dans le troisième opus, qui se déroule au Far West, il répond sans sourciller : "Eastwood. Clint Eastwood".

1 5 10

" ES-TU EN TRAIN DE ME DIRE QUE MA MÈRE EN PINCE POUR MOI ? "

SUPER-HEROS

Le héros masqué, le sauveur providentiel... Tout ce qui le concerne est "super". Son costume, son style, sa force, sa fiancée, son alias et surtout, son ennemi. L'univers du super-héros constitue, pour tous les amateurs du genre, l'expérience de cinéma ultime. Les effets spéciaux, le monde en danger, les ambivalences du personnage, les blagues, les costumes et les adversaires. Les ennemis du héros doivent être vraiment affreux et irréfléchis pour sembler crédibles dans leur rôle. On a tous en mémoire les grimaces du Joker, les secrets de Clark Kent et les interventions de Spider-Man. Et qui ne serait pas tenté, lorsque tout va mal, de s'en remettre à eux, tel Homer Simpson déclamant, les yeux tournés vers le ciel : "En général, je ne suis pas du genre à prier, mais si tu es là-haut, s'il te plaît, sauve-moi Superman !". Dans ce chapitre, vous retrouverez des grands classiques de la bande dessinée et des comics, des hommes surpuissants et des femmes dont les super-pouvoirs sont souvent synonymes de sex-appeal.

SUPER BON
SUPER MECHANT

BARBARELLA
JANE FONDA

"BEAUCOUP DE SITUATIONS DRAMATIQUES DÉBUTENT AVEC UN CRI."

Barbarella (1968) – Roger Vadim

Barbarella est une héroïne de bande dessinée française qui incarne la femme moderne à l'ère de la libération sexuelle. Elle est portée à l'écran en 1968 dans un film théâtral de Roger Vadim et interprétée par Jane Fonda, son épouse de l'époque. Le film a été tourné simultanément en français et en anglais, l'actrice interprétant son rôle dans les deux langues. Barbarella est envoyée sur la planète SoGo par le président de la République Terre (où règne la paix depuis des siècles) afin de trouver le dangereux scientifique Durand Durand. Lors de son voyage, elle rencontre des créatures étranges, perd souvent ses vêtements et découvre les plaisirs charnels (qui n'existent plus sous leur forme initiale sur la Terre).

La scène d'introduction du film est sans conteste la plus connue. Barbarella, suspendue dans le vide, retire sa combinaison spatiale jusqu'à être complètement nue. Les bandes de texte du générique sont censées la dissimuler à notre regard, mais elles ne suffisent pas réellement à la recouvrir totalement... D'autres scènes suggestives, moins explicites, parsèment le film. Tout le monde garde en mémoire la "machine excessive" de Durand Durand, baptisée "Orgasmatron". Cet appareil, de la forme d'un orgue, tue ses victimes en leur procurant un plaisir physique excessif. Mais il ne peut rien face à la surprenante jeune femme, qui semble déçue lorsque l'action de la machine s'arrête. Les décors psychédéliques, les costumes et la prestation des acteurs contribuent à l'originalité du film.

BATMAN / BRUCE WAYNE
ADAM WEST

Batman (1966) – Leslie H. Martinson, *Batman* (1989), *Batman, le défi,* (1992) – Tim Burton, *Batman Forever* (1995), *Batman & Robin* (1997) – Joel Schumacher, *Batman Begins* (2005), *The Dark Knight : Le Chevalier noir* (2008) – Christopher Nolan

Rôle repris par : Val Kilmer, Christian Bale

Au-delà du personnage culte de la bande dessinée, Batman évoque pour beaucoup l'univers kitsch des séries télévisées des années 60 et le premier long-métrage du genre. Dans ses adaptations, Tim Burton trouve le juste équilibre entre un esprit décalé et un cinéma d'auteur, faisant de Bruce Wayne un individu à l'esprit tourmenté. On ne peut pas en dire autant de la version mise en scène par Schumacher, qui présente quelques fautes de goût à l'instar du costume de George Clooney, décrié parce qu'il laisse apparaître ses tétons. Les deux derniers épisodes, dirigés par Christopher Nolan, ont quant à eux un caractère plus sombre, et mettent davantage en évidence la dualité de Batman : est-il un super-héros admirable ou un simple millionnaire angoissé qui décide de faire justice lui-même ?

Difficile de choisir au regard des nombreuses adaptions faites au cinéma. Les scènes de bagarre sont innombrables. On retient le combat sulfureux opposant Michael Keaton (Batman) à Michelle Pfeiffer (Catwoman). Dans *Le Chevalier Noir*, une course-poursuite mémorable entre Batman en moto et le Joker en camion offre également un suspense réjouissant.

1 5 10

MICHAEL KEATON

GEORGE CLOONEY

CATWOMAN
MICHELLE PFEIFFER

Batman (1966) – Leslie H. Martinson,
Batman, le défi (1992) - Tim Burton,
Catwoman (2004) - Pitof

Rôle repris par : Lee Meriweather, Halle Berry

À l'origine, Catwoman est un personnage peu susceptible d'attirer l'attention de Batman. Sous son vrai nom, Selina Kyle est une secrétaire solitaire et frustrée. Elle est assassinée avant d'être ramenée à la vie par des chats... Dans *Batman, le défi*, Michelle Pfeiffer redouble de sensualité pour faire de Selina une redoutable séductrice. La jeune femme affiche une moue boudeuse et un inflexible sens du devoir. Suite à sa résurrection, elle se transforme en un félin dominateur et moulé de cuir, qui trouve dans le travestissement un échappatoire à sa colère. Celle qui se fait appeler Patience Philips lorsqu'elle ne porte pas son habit de super-héros jouit d'une plastique irréprochable qu'elle met en valeur avec un style vestimentaire très personnel. Dans *Catwoman*, pas de Batman dans les environs pour jouer avec elle... Seul le décolleté de Halle Berry apporte un intérêt au film. Catwoman est un personnage ambigu, ni vraiment bon ni mauvais ; et c'est quand elle devient méchante qu'on la préfère !

La confrontation sensuelle qui oppose Halle Berry et Sharon Stone dans *Catwoman* est mémorable. Dans *Batman, le défi*, on se souvient de la scène où Selina se transforme en Catwoman et fabrique sa célèbre combinaison de chat. Dans cette même adaptation, la jeune femme attaque l'entrepôt de Schreck et décapite quatre mannequins avec son fouet avant de l'utiliser comme corde à sauter. Le couple Michael Keaton / Michelle Pfeiffer fonctionne à merveille ; les deux héros apprennent à se connaître et découvrent leurs identités secrètes.

1 5 10

GHOSTBUSTERS

HAROLD RAMIS, DAN AYKROYD, BILL MURRAY & ERNIE HUDSON

S.O.S. fantômes (1984), *S.O.S. fantômes II* (1989), *S.O.S. fantômes III* (2011) – Ivan Reitman

Après avoir perdu leurs postes à l'université, trois professeurs excentriques spécialisés dans le paranormal décident de se lancer dans l'extermination de fantômes. Ray Stanz, l'expert enthousiaste, Egon Spengler, le technicien brillant, et Peter Venkman, le séducteur sarcastique, sont bientôt rejoints par Zeddemore. Les "Ghostbusters" sont reconnaissables à leur sac à dos à énergie nucléaire et à leur camionnette flanquée d'un fantôme dans un cercle rouge ; le thème musical qui les accompagne est devenu culte. La série combine effets spéciaux astucieux, humour, intelligence. Et, surprise, nos chasseurs de fantômes sauvent New York d'un gigantesque bonhomme en marshmallow et d'une rivière de glaire rose. Si l'équipe des Ghostbusters fonctionne si bien à l'écran, c'est qu'elle est servie par des acteurs inspirés (un Bill Murray au top), un bon script (de Ramis et Aykroyd) et un grand sens de l'improvisation !

Les grands moments du premier *S.O.S. fantômes* sont sans conteste : l'interrogatoire de la bibliothécaire par Venkman et l'altercation avec le fantôme de la bibliothèque. Le spot publicitaire destiné à créer la notoriété des "chasseurs" est lui aussi hilarant. Dans *S.O.S. fantômes II*, ce sont surtout les séquences avec Bill Murray et le bébé de Dana (Sigourney Weaver), son ex-compagne, qui sont drôles. Notons également que nos exterminateurs doivent régulièrement gagner de l'argent pour payer les amendes qu'ils reçoivent pour "destruction de biens publiques" ; c'est ainsi que l'on retrouve Stanz et Zeddemore en train d'animer une fête pour enfants, Spengler s'adonner à des recherches sur les effets des émotions sur l'environnement et Venkman participer à une émission de télévision.

1 5 10

LE BOUFFON VERT
JAMES FRANCO

Spider-Man (2002), *Spider-Man 2* (2004), *Spider-Man 3* (2007) – Sam Raimi

Premier interprète : Willem Dafoe

Les mauvais dans *Spider-Man* sont sans conteste les humains : le violent Dr. Octopus (Alfred Molina), Zandman, Venom et le Bouffon Vert. Ce dernier est l'ennemi juré de Spider-Man et l'alias de Norman Osborn, dont le fils vengeur, Harry, reprendra plus tard le flambeau. Trois films durant, le spectateur attend la confrontation entre Harry et Peter Parker au sujet d'une fille et du meurtre de Norman Osborn. Bien qu'il s'agisse d'un film d'action, cette fiction joue beaucoup sur le registre de l'émotion. À l'origine, le Bouffon Vert est un homme d'affaires ambitieux qui mène des expériences sur lui-même afin d'obtenir des super-pouvoirs. Dafoe incarne un Norman particulièrement sinistre. Le Bouffon Vert, quant à lui, reste toujours loufoque, même lorsqu'il utilise une planche de surf ou des armes ultra-violentes.

Au cours de l'une de ses expériences, Norman Osborn perd la mémoire et ne garde aucun souvenir des actes qu'il a commis pendant sa transformation ; son "double" finit pourtant par le lui révéler. Dans une scène très insolite, Dafoe joue avec le reflet d'un miroir et se met successivement dans la peau de Norman, surpris et angoissé, et du Bouffon Vert, extrêmement mauvais. On aime les scènes dans lesquelles Norman (ou Harry) et Peter communiquent dans la vie de tous les jours, qu'ils soient ou non au courant des identités secrètes de chacun. Lors d'une séquence émouvante, Harry porte même secours à Spider-Man et perd la vie. Comme son père, il est alors dans la peau du Bouffon Vert mais se bat pour une fois du côté des gentils.

HULK / BRUCE BANNER
EDWARD NORTON

Hulk (2003) - Ang Lee
L'Incroyable Hulk (2008) - Louis Leterrier

Rôle repris par : Eric Bana

Hulk est incontestablement le super-héros le plus schizophrène qui soit. Pourvu de superpouvoirs, il subit son sort comme une malédiction. Son personnage est une sorte de métaphore du monstre "vert de jalousie", colérique et angoissé, qui sommeille en chacun de nous. Du fait de son aspect menaçant, il est souvent mal perçu et ne supporte pas d'être rejeté. Mais derrière les apparences se cachent en réalité un être amical (un peu comme King Kong), qui finit toujours par retrouver son calme dans les bras de son amie Betty. Fidèle à la bande dessinée d'origine, le film est composé de différentes histoires ; dans chacune d'entre elles sont abordées les questions de l'instabilité des émotions (au sens freudien), des gênes en mutation et des expérimentations ratées. Et même si les effets spéciaux sont souvent décevants, on ne peut refréner notre enthousiasme lorsque Bruce se met en colère et que ses yeux se troublent d'un vert caractéristique...

Lorsque Hulk se met en colère, son t-shirt se déchire sous la pression de ses muscles qui enflent ; jamais son pantalon. Peut-être s'agit-il là aussi de l'un de ses superpouvoirs : garder son pantalon quoi qu'il arrive ! Globalement, l'intérêt du film se limite à ces séquences de mutations : l'angoisse qui pointe, la colère qui envahit le regard et les transformations qui s'ensuivent. Le reste ne retient malheureusement guère notre attention, si ce n'est les scènes dans lesquelles Nick Nolte, le père de Bruce, apparait avec ses chiens muselés. Dans *L'Incroyable Hulk*, on aime en outre l'interprétation du méchant par Tim Roth.

1 5 10

" QUAND JE NE PEUX PLUS RÉSISTER, QUE CELA PREND LE DESSUS, ET QUE JE PERDS TOTALEMENT LE CONTRÔLE... J'AIME ÇA."

LE JOKER

JACK NICHOLSON

Batman (1966) – Leslie H. Martinson,
Batman (1989) – Tim Burton,
The Dark Knight : Le Chevalier noir (2008) – Christopher Nolan

Premier interprète : Cesar Romero

Le Joker est l'ennemi le plus populaire de Batman. Son visage au sourire figé a été inspiré par *L'Homme qui rit*, un film muet expressionniste de Paul Leni (1928) contant l'histoire d'un homme affichant un éternel sourire. Dans les bandes dessinées, Jack Napier est un malfaiteur lunatique qui, après être tombé dans un tonneau de déchets toxiques, est devenu un monstre. Ainsi est né ce psychopathe : plus ses victimes souffrent, plus il se réjouit. Les interprétations varient beaucoup d'un film à l'autre : Cesar Romero en fait un personnage comique, hystérique dans la joie comme dans la colère. Nicholson a quant à lui davantage insisté sur l'aspect tueur psychotique. La perversion a atteint son paroxysme avec la performance géniale de Heath Ledger, qui en fait un personnage littéralement dérangé, sinistre et misérable.

Romero a initié un Joker régressif au rire sarcastique et aux échecs systématiques. Jack Nicholson l'a bientôt éclipsé en donnant vie à un Joker légendaire connu pour la destruction du musée de Gotham et sa passion pour *Prince*. Plus récemment, Heath Ledger, grimé sous un maquillage travaillé, a offert une performance étonnante qui lui a valu un Oscar posthume. Les scènes cultes ne manquent pas dans cette série devenue mythique. À l'issue d'une folle course-poursuite avec Batman, le Joker se tient au milieu de la rue et hurle "renverse-moi", comme s'il s'agissait d'un jeu. À la fin de *Batman* et de *Batman, le défi*, le Joker meurt à la suite d'une chute prodigieuse. Une fin qu'il semble interpréter comme une victoire morale sur ses adversaires.

1 5 10

HEATH LEDGER

KICK-ASS / DAVE LIZEWSKI
AARON JOHNSON

Kick-Ass (2010) - Matthew Vaughn

Dave Lizewski, alias Kick-Ass, est le héros de la bande dessinée éponyme de la collection Marvel. Adolescent ordinaire, il a la voix cassée et des hormones hyperactives. Après s'être commandé une combinaison de plongée sur eBay, il s'autoproclame super-héros. Bien sûr, il n'a aucun super-pouvoir et n'arrive même pas à se défendre lors d'une simple bagarre. Le jour de sa première expédition, il est sévèrement amoché par un gang de jeunes. Mais sa seconde sortie punitive est immortalisée par un passant qui le filme et met la vidéo sur Internet. C'est ainsi qu'il s'attire de nombreux fans et rencontre *Hit Girl*, une "fillette" de onze ans (Chloë Moretz) au langage cru, et son père, *Big Daddy* (Nicholas Cage), un personnage décalé à l'humour noir. Le film passe de la parodie à l'exagération volontaire, et se joue des codes traditionnels du genre : un looser peut devenir un héros... à la condition de connaitre les bons sites web !

Kick-Ass n'est en réalité pas vraiment héroïque. Sa technique consiste avant tout en une profonde autopersuasion, qui lui permet au final de croire en ses propres aptitudes. Lorsqu'il danse avec *Red Mist* (un ado qui ressemble fort à Syndrome dans *Les Indestructibles* et qui souhaite impressionner son père en se donnant des airs de super-héros) dans la *Mist Mobile*, sur la chanson "*Crazy*" de Gnarls Barkley, on est pris d'un fou rire irrépressible. De même, lorsque notre héros cherche à surprendre sa meilleure amie (qui le croit gay...) en se dévoilant sous les traits de *Kick-Ass*, une altercation inattendue avec une bombe de laque l'en empêche malencontreusement. Quant à *Hit Girl*, dans un second rôle impeccable, elle n'est pas loin de voler la vedette tant elle crève l'écran.

" JE NE SUIS PAS HOMO NON PLUS !"

LEX LUTHOR
GENE HACKMAN

" CELA NE VOUS PROCURE-T-IL PAS COMME UNE, UNE, UNE... DÉCHARGE... ÉLECTRIQUE DE VOUS TROUVER DANS LA MÊME PIÈCE QUE MOI ? "

Superman (1978) – Richard Donner
Superman II (1980), *Superman III* (1983),
Superman IV (1987) – Sidney J. Furie,
Superman Returns (2006) – Bryan Singer

Rôle repris par : Kevin Spacey

Lex Luthor est le principal adversaire de Superman depuis le numéro 23 de la bande dessinée *Action Comics*. Incarné à l'écran par Gene Hackman, il est un homme de poigne obsédé par le crime. Ses trois grands objectifs dans la vie sont : la domination du monde, la mort de Superman et la célébrité. Il n'a pas de pouvoirs particuliers — situation peu courante pour l'ennemi d'un super-héros. Mais il est extrêmement brillant et sait parfaitement manipuler son entourage. Pourtant, sa haine de Superman, son amour exagéré pour sa propre personne et sa forte propension à s'entourer de nuls constituent des handicaps de taille. Dans *Superman Returns*, Kevin Spacey campe un Luthor honorable mais qui reste en dessous de la prestation de Gene Hackman. Il se montre également sous un jour plus terrifiant, sans perdre pour autant l'humour du personnage.

La manière dont Lex Luthor dévoile "son super plan génial" à ses acolytes est toujours extrêmement comique. Qu'il s'agisse de tuer *Superman* ou de réduire la Terre en miettes, ces derniers n'y comprennent généralement rien ! Et même lorsque ses ordres sont suivis à la lettre, ses plans sont toujours déjoués de justesse. Dans la série des *Superman*, le héros a un talon d'Achille : la kryptonite, qui annihile ses superpouvoirs. Lorsque Kevin Spacey, alias Lex Luthor, s'en prend à Superman, il le poignarde avec un morceau de kryptonite tranchant. Gene Hackman se contente pour sa part de lui accrocher un morceau de la pierre mortelle autour du cou.

1 5 10

LE PINGOUIN / OSWALD COBBLEPOT
DANNY DEVITO

Batman (1966) – Leslie H. Martinson,
Batman, le défi (1992) - Tim Burton

Premier interprète : Burgess Meredith

Dans la bande dessinée, Oswald Cobblepot — doté d'un nez crochu et d'un costume trois pièces — est le chef d'une bande de gangsters. L'acteur Burgess Meredith a marqué ce rôle de son empreinte grâce à son rire mémorable, similaire au cri d'un pingouin. Mais l'interprétation de Danny DeVito s'est ensuite imposée dans le rôle. Dans une version plus grotesque que l'original, il campe un personnage rejeté par ses parents en raison d'une malformation physique et qui survit dans les égouts grâce à l'aide d'une bande de pingouins. De retour à la surface, il veut obtenir de l'argent, du pouvoir et des femmes en devenant Maire. Il passe de l'obscurité à la lumière (même si le Gotham de Burton est particulièrement sombre), assisté de son parapluie et d'une bande d'artistes de cirque. Dans ce film truffé de gags, c'est lui qui décroche le gros lot : cheveux gras, salive noire, dents pourries et caractère exécrable. Tous ces éléments font de lui un véritable méchant, pour lequel on n'éprouve que dégoût et pitié.

Dans *Batman, le défi*, le costume du Pingouin entrave quelque peu les mouvements de l'acteur. Pourtant, les bons moments ne manquent pas. Afin de présenter Batman sous un mauvais jour, Oswald sabote la Batmobile et en prend le contrôle à distance lors d'une séquence particulièrement angoissante. Lorsque Catwoman veut s'allier au méchant contre Batman, elle ne peut mener son projet à bien car le Pingouin laisse transparaître son tempérament malhonnête et lubrique. Comble du suspense, Oswald laisse entendre qu'il connait l'identité secrète du justicier masqué lors d'un discours de campagne devant les concitoyens de Gotam City.

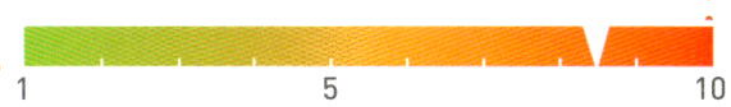

ROBIN DES BOIS
ERROL FLYNN

Robin des Bois (1922) – Allan Dwan,
Les Aventures de Robin des Bois (1938) – Michael Curtiz,
La Rose et la Flèche (1976) – Richard Lester,
Robin des bois (1973) – Wolfgang Reitherman,
Robin des Bois : Prince des voleurs (1991) – Kevin Reynolds,
Sacré Robin des Bois (1993) – Mel Brooks,
Robin des Bois (2010) – Ridley Scott

Rôle repris par : Douglas Fairbanks, Sean Connery, Cary Elwes, Kevin Costner

Chaque film sur le célèbre hors-la-loi de Sherwood qui dépouille les riches pour donner aux pauvres offre une approche différente du personnage. On se souvient avec nostalgie du temps où le héros n'était ni cynique ni tourmenté. Dans sa version muette, Fairbanks donne à Robin son premier visage au cinéma. L'espiègle Errol Flynn, paré d'un surpenant justaucorps fluorescent, incarne pour beaucoup le vrai Robin des Bois dans un très beau film en technicolor. Et si Disney nous a proposé une vision optimiste de Robin des Bois, Sean Connery a quant à lui incarné un personnage plus grave, tout en préservant le charme de la légende. Kevin Costner, dans un registre moins lent, a rompu avec la tradition. Plus récemment, l'adaptation de Scott avec Russell Crowe se laisse regarder, mais certains regretteront le côté trop réaliste apporté à l'histoire. Car pour beaucoup, Robin des Bois est un être joyeux, charmant et doué, qui accomplit des exploits sans faire le moindre effort.

Pour tous ceux qui ne sont pas particulièrement fans des adaptations les plus récentes, Flynn demeure le Robin le plus mémorable, ne serait-ce que pour sa relation légère avec Lady Marianne. La romance y est simple et l'héroïsme plaisant. Et même lorsque Robin des Bois entre dans l'antre du lion avec un cerf sur les épaules tout juste dérobé au prince Jean, il reste calme, séduisant et prompt à la riposte. Ce film est idéal pour les enfants qui se feront ensuite une joie de jouer à l'épée de bois.

RUSSELL CROWE

BRIAN REDFORD

SPIDER-MAN / PETER PARKER
TOBEY MAGUIRE

Spider-Man (2002), *Spider-Man 2* (2004), *Spider-Man 3* (2007) – Sam Raimi

Si Batman est un jeune loup déguisé en héros et Superman un type audacieux habillé comme un abruti, alors Spider-Man est une grosse tête mutante moulée dans un justaucorps. Encore étudiant, Peter Parker hérite de pouvoirs surnaturels le jour où une araignée génétiquement modifiée s'en prend à lui en le mordant. Il tente alors de lutter contre les mutations qui affectent son corps et s'efforce par tous les moyens de maîtriser ses pulsions. Il se sent enclin à mettre ses forces au service du Bien (et il est vrai qu'il existe bon nombre d'êtres fantasques qui menacent New York), mais il souhaiterait aussi briller dans ses études et impressionner sa voisine Mary-Jane (Kirsten Dunst). Alors qu'il se sent coupable de la mort de son oncle Ben, il finit par découvrir (dans le troisième épisode) le côté sombre qui l'habite.

Du premier film, on retient surtout le baiser tête-en-bas que Mary-Jane adresse à son sauveteur en ne relevant que la moitié de son masque afin de pouvoir l'embrasser. Dans *Spider-Man II*, Peter Parker décide, après une période de répit, de remettre le costume du héros. Cependant, il a oublié comment planer et se balancer dans le vide... Il tente maladroitement de sauter d'un immeuble à un autre, tout en criant : "Me revoilà ! Me revoilà !". Quelques instants plus tard, on le retrouve gisant sur le sol en train de gémir : "Mon dos, mon dos...". Bien que le troisième opus n'ait que peu d'intérêt, la scène où le héros découvre son côté sombre est mémorable, surtout grâce aux pas de danse qui l'accompagnent.

"VOLE ! PLUS HAUT, PLUS HAUT ET LOIN, TOILE D'ARAIGNÉE ! ABRACADABRA ! VA-T'EN, TOILE D'ARAIGNÉE, VA-T'EN !"

SUPERMAN / CLARK KENT
CHRISTOPHER REEVE

" JE SUIS ICI POUR DÉFENDRE LA VÉRITÉ, LA JUSTICE ET LE RÊVE AMÉRICAIN."

BRANDON ROUTH

Superman (1978) – Richard Donner, *Superman II* (1980), *Superman III* (1983) – Richard Lester, *Superman IV* (1987) – Sidney J. Furie, *Superman Returns* (2006) – Bryan Singer

Totalement inconnu au début du tournage, Christopher Reeve s'est imposé comme la parfaite incarnation de Superman. Fort et rapide, ce dernier sait voler, possède une ouïe très fine et une vue dotée de rayons X. Le super-héros bénéficie d'une couverture sous les traits de Clark Kent, son alter ego à la ville, qui lui permet de vivre parmi les hommes. Lorsqu'il opère en tant que justicier, ses cheveux sont coiffés différemment et il porte des lunettes. On se demande bien comment il est possible que personne ne le reconnaisse, lui qui ne porte ni cagoule, ni masque... Mais en règle général, Reeve se montre tout aussi crédible en Clark Kent discret que dans la peau du super-héros très sûr de lui. Plus récemment, l'acteur Brandon Routh a pris la relève de son brillant aîné. Un successeur honorable mais qui ne parvient pas totalement à faire oublier son prédécesseur charismatique.

Dans le premier épisode de *Superman*, on apprend à connaître la vie de ce mythique héros. On retient l'interview très drôle menée par Lois Lane sur sa terrasse, parcourue de toute une série de blagues orientées sous la ceinture ; puis l'excellente voix-off de celle-ci lorsqu'elle est entrainée dans un vol on ne peut plus romantique. Clark Kent s'amuse beaucoup avec sa double personnalité et adresse de nombreux clins d'œil à la caméra ("Vous savez aussi qu'il s'agit de moi..."), notamment lorsqu'il sauve Lois Lane d'une balle de revolver ou qu'il énumère le contenu entier de son sac à main sans même l'ouvrir ni regarder à l'intérieur. La scène où il s'oppose à la volonté de son père (Jor-El, interprété par le mythique Brando) et vole à contre sens autour de la Terre afin de remonter le temps et de sauver la vie de Lois est particulièrement marquante.

1 5 10

ZORRO

DOUGLAS FAIRBANKS

Zorro et ses légionnaires (1939) – John English, *Le Signe de Zorro* (1940) – Rouben Mamoulian, *The Sign of Zorro* (1958) – Lewis R. Foster, *Zorro contre aigle noir* (1959) – Charles Barton, *Le Masque de Zorro* (1998), La Légende de Zorro (2005) – Martin Campbell

Rôle repris par : Reed Hadley,Tyrone Power Guy Williams, Anthony Hopkins

Zorro ("renard" en Espagnol) est né en 1919 sous la plume de Johnston McCulley. Il est l'alias du maladroit Don Diego de la Vega (reconnaissable avec sa petite moustache), qui évolue au temps de la Californie espagnole. Accoutré d'une tenue noire et d'une large cape, d'un grand chapeau et d'un masque, Zorro combat la tyrannie sur son fidèle cheval Tornado. À la manière de Robin des Bois, il fait justice lui-même et s'impose comme le héros hors-la-loi des gens simples. Il a notamment inspiré Batman — on apprend en effet que même Bruce Wayne a vu *Le Signe de Zorro* avec ses parents quand il était petit. Zorro n'a jamais recours à la brutalité ; il préfère l'acrobatie et l'élégance, qui trouvent grâce aux yeux des femmes. Sa signature est un "Z" qu'il trace à l'aide de son fouet ou de son épée — sur les murs, les rideaux ou les vêtements de ses opposants.

On retient en priorité de Zorro ses tours malicieux et ses nombreux duels. L'affrontement de Don Diego et Esteban Pasquale (Basil Rathbone) dans *Le Signe de Zorro* (1940) est peut être le combat à l'épée le plus légendaire de toute l'histoire du cinéma : deux lames talentueuses qui mènent une chorégraphie magnifique à l'issue fatale. Le duel entre Antonio Banderas et Catherine Zeta-Jones dans *Le Masque de Zorro* ne peut en aucun cas rivaliser avec cette scène d'anthologie, mais il se distingue grâce au baiser passionné qui le clôture. Un classique qui ne peut laisser ses spectateurs indifférent.

" LE CÔTÉ POINTU DOIT S'ENFONCER DANS L'AUTRE HOMME."

ANTONIO BANDERAS

FANTAISIE ET HORREUR

La fiction est un univers peuplé de monstres effrayants et de héros charismatiques. Mais est-elle si différente que ça de notre monde contemporain, lui même peuplé de meurtriers, d'individus assoiffés de sang et de héros ordinaires prêts à porter secours à la veuve et à l'orphelin ? Une chose est certaine : la fiction est le fruit de notre imagination fertile. Elle s'appuie sur la réalité et l'amplifie pour donner vie à toutes sortes de créatures fantastiques. Ces dernières peuvent être bonnes ou mauvaises ; elles peuvent appartenir à la catégorie des héros intrépides comme des monstres abominables et peuvent, selon les cas, se distinguer par des costumes voyants ou se dissimuler derrière une apparence ordinaire. Si les bourreaux ne font pas vraiment grand cas de leurs victimes (auxquelles ils réservent bien souvent une mort effroyable), les sauveurs tirent justement leur gloire de leur capacité à botter les fesses de ces incarnations diaboliques. Toute une palette de personnages qui peut faire froid dans le dos.

FANTAISIE ET HORREUR

ARAGORN
VIGGO MORTENSEN

Le Seigneur des anneaux (1978) – Ralph Bakshi,
Le Seigneur des anneaux - La Communauté de l'anneau (2001), *Le Seigneur des anneaux - Les deux tours* (2002), *Le Seigneur des anneaux - Le Retour du roi* (2003) – Peter Jackson

Premier interprète : John Hurt

Issu du roman *Le Seigneur des anneaux*, de J.R.R. Tolkien, Aragorn est un homme fort, beau et courageux. Pourtant, il manque cruellement de confiance en lui. Incarnation parfaite du guerrier intrépide auquel tous les hommes veulent s'identifier, il a su préserver un cœur tendre qui charme les femmes. Dans la trilogie de Peter Jackson, Viggo Mortensen interprète un Aragorn idéal. Il a appris à se cacher de Sauron, pour sa propre sécurité, car nul ne doit savoir qu'il est l'héritier légitime du trône du Royaume de Gondor. Ses questionnements intérieurs ("Dois-je prendre la couronne ?") et sa peur de l'échec ("Vais-je être aussi faible que mes ancêtres qui n'ont su résister à l'appel de l'Anneau ?") disparaissent au cours de l'intrigue au profit d'un comportement assuré et d'une véritable autorité. Son histoire d'amour avec l'elfe Arwen, son regard mystérieux et les scènes pleines d'humour qui parsèment le film font de lui un héros authentique.

Une scène de quelques secondes a immortalisé Aragorn : après l'attaque sur le Gouffre de Helm, l'intrépide guerrier fait une chute du haut d'un rocher. Pour tous, il ne fait aucun doute qu'il est mort. Pourtant, notre héros revient à la vie. Poussant les portes d'une manière inimitable, il fait une entrée majestueuse chez le roi Theoden. Un verbe, que l'on trouve désormais sur Internet, est même né de cette action : "*to aragorn*", qui signifie ouvrir une porte avec force et pénétrer à l'intérieur d'une pièce. On ne peut oublier non plus son discours devant la Porte Noire du Mordor. C'est là, à la toute fin de la trilogie, qu'il montre qu'il est un véritable roi.

1 5 10

LE CAPITAINE CROCHET
DUSTIN HOFFMAN

Peter Pan (1924) - Herbert Brenon, *Peter Pan* (1953) - Clyde Geronimi, Wilfred Jackson, *Hook ou la revanche du Capitaine Crochet* (1991) - Steven Spielberg, *Peter Pan* (2003) - P.J. Hogan

Rôle repris par : Ernest Torrence, Hans Conried, Jason Isaacs

Le Capitaine Crochet, ennemi juré de Peter Pan, a un crochet à la place de la main depuis qu'un crocodile la lui a dévorée. Il entretient une haine obsessionnelle à l'encontre de Peter Pan et ne vit que pour mettre en œuvre sa terrible vengeance. S'il est plutôt éloquent et élégant avec ses longues boucles noires et son chapeau à plume, la version de Disney en fait un personnage maladroit et idiot. Pour l'écrivain et philosophe J. M. Barrie, tous les adultes sont des pirates. Et bien que Crochet soit un être cruel assoiffé de vengeance et une véritable caricature, on finit par s'attacher à lui. Si bien qu'on se surprend rapidement à éprouver de la pitié à son égard et à le plaindre de sa solitude.

Les scènes de batailles qui parcourent les différents films sont exaltantes. Dans la version la plus récente, Crochet peut même voler ! La peur panique qu'entretient le méchant Crochet à l'encontre du crocodile qui a dévoré sa main est hilarante ; l'animal continue d'ailleurs de le poursuivre dans l'espoir de croquer un nouveau bout de chair. Le "tic-tac" répétitif nous signale en général sa présence, car la légende raconte que l'animal a un jour ingurgité un réveil-matin. Dans *Hook*, Dustin Hoffman est excellent : suffisant, guilleret, irascible et théâtral à souhait. La scène inaugurale du film où des centaines de pirates scandent son nom est impressionnante.

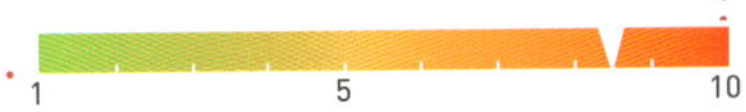

COMTE DRACULA

Nosferatu le vampire (1922) – F. W. Murnau, *Dracula* (1931) – Tod Browning, *La Maison de Dracula* (1945) – Erle C. Kenton, *Dracula* (1958) – Terence Fisher, *Nosferatu - fantôme de la nuit* (1979) – Werner Herzog, *Dracula d'après Bram Stoker* (1992) – Francis Ford Coppola, *Dracula 2001* (2000) – Patrick Lussier

Rôle repris par : Max Schreck, John Carradine, Christopher Lee, Frank Langella, Gerard Butler

Bien avant *Twilight*, le vampire des vampires issu du roman gothique de Bram Stoker (1897) a fait ses gammes sous la forme d'un loup enjôleur revêtu de haillons. Déjà, sa relation avec Mina est placée sous le signe de l'ambiguïté sexuelle. Le célèbre vampire apparaît pour la première fois dans le film expressionniste muet de Murnau — sous le titre du Comte Orlok et non pas de Dracula pour des raisons de droits d'auteur. C'est un vampire à l'aspect animal qui ne s'apparente pas encore aux clichés du genre. Le standard pour les adaptations ultérieures a été établi par l'acteur hongro-américain Bela Lugosi. On retient les sept adaptations avec Christopher Lee et la version un peu plus kitsch de Frank Langella. En 1979, Werner Herzog réalise un remake stylistique de *Nosferatu*, en reprenant les longs doigts et les ombres propres à la version originale. Coppola réinvente la légende dans une version opéra avec profusion d'effets visuels et un comte qui peut prendre plusieurs formes — du diable au brouillard, de la jeunesse à la vieillesse.

Figure classique et extrêmement connue issue de la littérature, Dracula a marqué l'histoire du cinéma. Certaines scènes particulièrement fortes sont d'ailleurs gravées dans les mémoires : la mort de Max Schreck, notamment, qui oublie que le jour se lève et s'évapore en fumée sous l'effet euphorisant du sang d'une femme vertueuse. On se souvient également de la scène où Thomas Hutter, se coupant avec un couteau à pain, suscite la frénésie d'Orlok qui est irrémédiablement attiré par l'odeur de son sang. Dans la version de Coppola, Gary Oldman a une attitude similaire lorsqu'il fait glisser sournoisement le rasoir de Jonathan Harker sur sa langue. La réplique de Lugosi, avec son accent prononcé et son apparence iconique, s'est également imposée : "Je suis Dracula."

1 5 10

BELA LUGOSI

KLAUS KINSKI

GARY OLDMAN

"JE NE BOIS JAMAIS... DE VIN."

DAMIEN THORN
HARVEY STEVENS

" REGARDEZ. VOILÀ NANNY."

La Malédiction (1976) – Richard Donner,
Damien, la malédiction II (1978) – Don Taylor,
La Malédiction finale (1981) – Graham Baker,
La Malédiction (2006) – John Moore

Rôle repris par : Jonathan Scott Taylor, Sam Neill

Robert Thorn (Gregory Peck) est un ambassadeur américain. Il adopte un fils à l'insu de sa femme après que cette dernière ait été victime d'une fausse couche (à six heures du matin, le sixième jour du sixième mois de l'année en cours). Par un malheureux hasard, ce dernier s'avère être l'Antéchrist, à savoir le fils de Satan. Lorsque le jeune Damien atteint l'âge de cinq ans, un rottweiler terrifiant commence à roder autour de la famille Thorn et la gouvernante se suicide. Dès lors, tout va de mal en pis. Robert, qui ne croit pas aux présages, doit se résigner à changer d'avis après que sa femme, un prêtre et un ami photographe aient trouvé la mort dans des conditions abominables. Il décide alors de tuer l'enfant du diable. Lors de cette tentative, il est abattu par la police et Damien est adopté par le président des États-Unis. L'heure de l'Apocalypse se rapproche alors dangereusement, comme le confirmeront les deux épisodes suivants et le remake de 2006.

Bien que Damien soit incontestablement l'Antéchrist (sa tache de naissance en forme de 666 sur son crâne, ses cheveux foncés et son costume effrayant en témoignent), il ne fait que scruter la caméra et rire d'un air démoniaque tout au long du film. Les pires atrocités qui se succèdent dans le scénario sont le fait d'événements surnaturels ou des complices du jeune garçon, à l'instar de l'effrayante institutrice. Le seul meurtre qu'il commet lui-même est celui de l'enfant que porte sa mère enceinte, qu'il fait volontairement tomber du premier étage. La scène la plus connue reste celle, perturbante, où la gouvernante se pend lors de la fête d'anniversaire de Damien en s'écriant ainsi : "Regarde-moi Damien ! Tout cela est pour toi !". Les présages qui apparaissent sur les photos sont aussi des indices importants : des ombres étranges indiquent la façon dont chacun des personnages sera confronté à la mort.

1 5 10

FREDDY KRUEGER
ROBERT ENGLUND

Les Griffes de la nuit (1984) – Wes Craven,
La Revanche de Freddy (1985) – Jack Sholder,
Freddy 3 - Les Griffes du cauchemar (1987) – Chuck Russell,
Le Cauchemar de Freddy (1988) – Renny Harlin,
Freddy 5 - L'Enfant du cauchemar (1989) – Stephen Hopkins,
La Fin de Freddy - L'Ultime cauchemar (1991) – Rachel Talalay,
Freddy sort de la nuit (1994) – Wes Craven,
Freddy contre Jason (2003) – Ronny Yu,
Freddy - Les Griffes de la nuit (2010) – Samuel Bayer

Rôle repris par : Jackie Earle Haley

Freddy Krueger est un assassin d'enfants qui a été acquitté puis tué par les parents de ses victimes. Même mort, il affiche une personnalité pétillante et une bonne dose d'humour, ce qui en fait l'un des personnages d'horreur les plus populaires qui soit. Avec son visage brûlé et défiguré, son pull rayé et son chapeau brun, il hante les rêves de ses victimes. Sa méthode : pénétrer dans les rêves des adolescents, les tuer pendant leur sommeil à l'aide d'un gant armé de griffes tranchantes et provoquer leur mort dans le monde réel. Capable de se transformer et de se déplacer comme il le souhaite, Freddy jouit d'un formidable pouvoir de nuire. Toutefois, il n'est pas immortel : il peut être vaincu si l'on parvient à la ramener dans le monde réel, dans lequel il est bien plus vulnérable. Le film fonctionne car il repose sur une peur universelle : notre incapacité à contrôler ce qui se passe pendant que nous dormons, à commencer par nos cauchemars. Que faire en effet si un esprit mal intentionné exploite cet état vulnérable qu'est le sommeil ?

À chaque fois qu'un nouveau drame se produit pendant le sommeil d'une victime, la même petite musique lancinante se fait entendre. Elle précède le crissement des griffes de Freddy sur le mur, qui annonce généralement l'arrivée du monstre. Rien que dans le premier épisode, un grand nombre de scènes effrayantes et comiques se succèdent : la main de Freddy dans le bain de Nancy ; le sang qui gicle du corps de Johnny Depp ; le meurtre de Tina. Cette dernière est découpée par Freddy (alors invisible à nos yeux et à ceux du petit ami de la victime) et projetée dans tous les sens, vêtue de ses seuls sous-vêtements. Le sang coule à flots jusqu'à ce que la jeune femme retombe sur son lit, épuisée et sans vie.

1 5 10

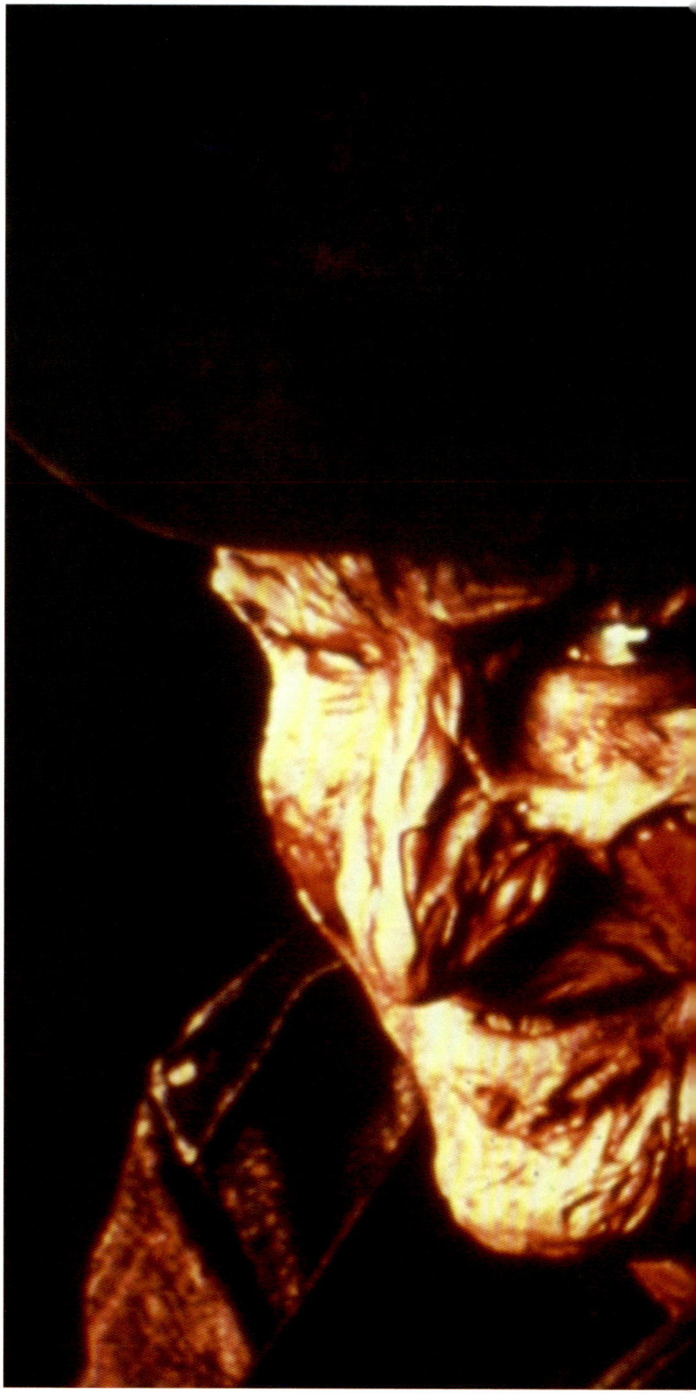

" UN, DEUX, C'EST FREDDY QUI VIENT TE RENDRE VISITE."

GANDALF
IAN McKELLEN

Le Seigneur des anneaux (1978) – Ralph Bakshi,
Le Seigneur des anneaux - La Communauté de l'anneau (2001), *Le Seigneur des anneaux - Les deux tours* (2002), *Le Seigneur des anneaux - Le Retour du roi* (2003) – Peter Jackson

Premier interprète : William Squire

Le Seigneur des anneaux, de Tolkien, demeure une source d'inspiration pour les auteurs et les réalisateurs. La vision faisant de Gandalf un sage et un mentor convient plutôt à notre propre perception du magicien ; pourtant, sa personnalité mérite certainement que l'on s'y attache d'un peu plus près. Certes, il porte la barbe et une longue robe grise, possède un bâton ensorcelé, une voix grave et typique (parfaitement posée par l'acteur Ian McKellen) et sait véritablement tout. Mais en plus, il est drôle et témoigne d'une nature agréable. Toutes ses facettes tendent à confirmer le plaisir qu'il prend à toutes choses : détermination, émotion, préoccupation, étonnement et humour — émotions souvent soulignées d'un clin d'œil des plus évidents. Gandalf est le personnage unificateur par excellence. Et même s'il craint lui-même l'anneau, sa présence nous rassure.

Le spectateur lâche un soupir de soulagement lorsque Gandalf ("Le Blanc") survit au terme d'un combat captivant l'opposant à un démon de flammes. Idem lorsque, chevauchant son cheval blanc *Shadowfax* ("Gripoil" en français), il part en guerre avec toute une armée à sa suite, ou lorsqu'il met au défi son ancien mentor, Saruman. En un mot, Gandalf a pour mission de protéger Frodon et Aragorn. Et il est capable de tout pour parvenir à ses fins.

1 5 10

GHOSTFACE
ROGER JACKSON, SKEET ULRICH & MATTHEW LILLARD

Scream (1996), *Scream 2* (1997), *Scream 3* (2000), *Scre4m* (2011) - Wes Craven

Rôle repris par : Timothy Olyphant, Laurie Metcalf, Scott Foley

Scream et ses drôles de méchants sont cultes. La silhouette noire du tueur et son masque (inspirés du *Cri* d'Edvard Munch) sont désormais connus et ne nous paraissent plus du tout menaçants. Pourtant, la première rencontre avec Ghostface est saisissante. Il faut dire que ce tueur, tout comme le film dans son ensemble, a fait sensation à l'époque de sa sortie grâce à ses nombreuses innovations et à ses trouvailles cinématographiques. Les personnages communiquent par exemple à l'aide de téléphones portables (ce qui n'avait encore jamais été vu au cinéma selon le réalisateur Wes Craven) et le tueur semble fomenter des stratégies détestables. Lorsque, à chaque épisode, arrive le moment où le personnage est démasqué, le suspense s'évanouit. Car l'intérêt de *Scream* repose sur ses scènes sanglantes et son "terrible" méchant — combien plus intriguant lorsqu'il se cache derrière son camouflage.

La première scène de *Scream*, dans laquelle Drew Barrymore est terrorisée et éviscérée par l'homme au masque, est entrée dans les annales du septième art. Elle est d'ailleurs rejouée par les acteurs de *Stab*, "le film tourné dans le film" par les étudiants du campus qui évoquent les funestes événements. Vous suivez toujours ? À l'instar du questionnaire sur les films d'horreur auxquels le tueur soumet ses victimes, toute la trilogie de *Scream* interroge la notion de "conscience de soi". Les jeunes doivent évoquer les règles du film d'horreur classique pour rester en vie. L'environnement dans lequel l'action évolue comprend des vidéothèques, des cinémas ou encore des lieux de tournage en référence à d'autres films, acteurs et personnages. En résumé, *Scream* est unique ; une parodie qui n'est pas seulement drôle, mais également palpitante.

1 5 10

GOLLUM
ANDY SERKIS

Le Seigneur des anneaux (1978) – Ralph Bakshi,
Le Seigneur des anneaux - La Communauté de l'anneau (2001), *Le Seigneur des anneaux - Les deux tours* (2002), *Le Seigneur des anneaux - Le Retour du roi* (2003) – Peter Jackson

Premier interprète : Peter Woodthorpe

Gollum est un être de la Terre du Milieu, créé par J.R.R. Tolkien dans sa trilogie *Le Seigneur des anneaux*. Ce personnage fut un jour un hobbit, Sméagol, qui tua son ami Déagol car celui-ci refusait de lui donner l'anneau qu'il avait trouvé lors d'une partie de pêche. Dès lors, il subit un sort qui le condamne à vivre pendant cinq cents ans sous l'influence de l'anneau maléfique et devient cet être étrange que nous retrouvons à chaque opus de la trilogie : un personnage pâle, boiteux, aux yeux globuleux, ayant une double personnalité et qui fait un bruit de gorge caractéristique (d'où son nom). Lorsque l'anneau est volé par Bilbo Baggins (Bilbon Sacquet dans la version française), Gollum s'efforce par tous les moyens de le retrouver. Il écume ainsi la Terre du Milieu, jusqu'à devenir le guide de Frodon.

On connaît Gollum sous divers aspects, qui ont rapidement intégré la culture populaire. La séquence au cours de laquelle Sméagol se transforme en Gollum sous l'effet de l'anneau est mémorable. Lorsque Gollum est confronté à sa propre dualité, il se parle à lui-même dans son propre jargon pour décider du sort des hobbits Sam et Frodon. De façon récurrente, Gollum n'échappe à la mort que grâce à la pitié qu'il inspire à ceux qui l'approchent. L'histoire se dénoue lorsqu'il parvient à récupérer finalement son "Précieux" à l'issue d'un combat avec un Frodon invisible passé sous l'emprise de l'anneau. Sa chute dans la fournaise de l'Orodruin réduit à néant l'anneau unique, exactement comme Gandalf l'avait prédit dans *La Communauté de l'anneau*.

1 5 10

HARRY POTTER
DANIEL RADCLIFFE

Harry Potter à l'école des sorciers (2001), *Harry Potter et la chambre des secrets* (2002) – Chris Columbus, *Harry Potter et le prisonnier d'Azkaban* (2004) – Alfonso Cuarón, *Harry Potter et la coupe de feu* (2005) – Mike Newell, *Harry Potter et l'ordre du Phénix* (2007), *Harry Potter et le prince de sang-mêlé* (2009), *Harry Potter et les reliques de la mort - 1ère partie* (2010), *Harry Potter et les reliques de la mort - 2ème partie* (2011) – David Yates

Un adolescent magicien à lunettes, deux amis et un ennemi malveillant : qui a dit que l'on ne pouvait résumer Harry Potter en une phrase ? Ce personnage, bien sûr, représente bien davantage aux yeux de ses fans, qui sont souvent critiques envers l'adaptation cinématographique des livres à succès de J. K. Rowling. Daniel Radcliffe est l'acteur chanceux qui a été retenu pour incarner l'élève magicien. Et même s'il grandit dans la réalité plus vite que son personnage, il sait incarner la naïveté d'un jeune adolescent aux responsabilités pourtant énormes, du fait des pouvoirs qu'il détient. Harry est en effet le seul à pouvoir combattre les forces du mal. Et s'il semble réussir dans sa tâche avec l'aide de son mentor et de ses amis, il finira par devoir affronter seul sa destinée.

Dans le premier épisode de la série, tout est beau et neuf, comme nous le confirme le regard pétillant de Harry. On découvre peu à peu l'univers de la magie à travers l'initiation du jeune héros. Néanmoins, au fur et à mesure de la série, l'atmosphère devient plus sombre et palpitante ; la naïveté émouvante du personnage n'est plus qu'un lointain souvenir. Les scènes les plus marquantes sont celles dans lesquelles Harry est témoin de la mort d'autres personnages — Cedric Diggory, Sirius Black ou encore Dumbledore. Mais on s'amuse aussi beaucoup à l'école de sorcellerie Poudlard : un bon match de Quidditch ou une chamaillerie avec le professeur Rogue offrent un bon divertissement, et une plongée dans cet univers exceptionnel qu'a su créer J. K. Rowling.

1 5 10

LEATHERFACE
GUNNAR HANSEN

Massacre à la tronçonneuse (1974),
Massacre à la tronçonneuse 2 (1986) - Tobe Hooper,
Massacre à la tronçonneuse 3 (2003) - Marcus Nispel,
Massacre à la tronçonneuse - Le commencement (2006)
- Jonathan Liebesman

Rôle repris par : Bill Johnson, Andrew Bryniarski

Massacre à la tronçonneuse ressemble à un documentaire, pas uniquement par ses images mais aussi par ses bruitages ultra-réalistes (comme le bruit sourd d'une tête que l'on tranche). Avec un parti pris atypique, le film se concentre davantage sur les tueurs que sur les victimes. Leatherface ("Face de cuir") est un homme imposant qui porte un masque fabriqué à base de peau humaine. Comme il ne parle pas, il possède trois visages différents pour exprimer son humeur. Il est réellement terrifiant car on ne sait pas concrètement s'il existe ou non une véritable personne derrière le masque. Et la tronçonneuse avec laquelle il se balade tout le temps (qui ne tombe jamais à court d'essence) n'est pas là pour nous rassurer. S'il n'est certes pas malin, c'est incontestablement un boucher efficace. Les commanditaires de ses crimes sont les membres d'une étrange famille de profanateurs de tombes, cannibales, qui utilisent les os de leurs victimes pour construire leur maison et fabriquer de la chair à saucisses...

Avec la réputation d'être l'un des films d'horreur les plus sanglants de l'histoire, il est étonnant de constater que nombre des scènes "gores" nous sont plutôt suggérées — elles se passent hors champ ou derrière des portes closes. Pourtant, on garde les yeux bien fermés pendant une bonne moitié du film. Même la première apparition de Leatherface, dans l'embrasure d'une porte, est tétanisante. Il précipite sa victime par terre, l'emmène dans une autre pièce et ferme derrière lui la porte métallique. Ce qui se passe ensuite ne nous est pas immédiatement révélé ; le spectateur l'apprend un peu plus tard, avec horreur. La fin du film est elle aussi mythique : Sally parvient à s'échapper en sautant dans un semi-remorque. Leatherface est furieux que sa proie se soit enfuie mais ne peut hurler pour exprimer sa rage. C'est ainsi qu'il se lance dans une danse légendaire avec sa tronçonneuse sous la lumière du soleil couchant.

PETER PAN
ROBIN WILLIAMS

Peter Pan (1924) - Herbert Brenon, *Peter Pan* (1953) - Clyde Geronimi, Wilfred Jackson, *Hook ou la revanche du Capitaine Crochet* (1991) - Steven Spielberg, *Peter Pan* (2003) – P. J. Hogan

Rôle repris par : Betty Bronson, Jeremy Sumpter

Peter Pan (créé par l'écrivain J.M. Barrie en 1904) est plus ou moins inspiré du dieu de la nature Pan. C'est un garçon qui refuse de grandir et garde éternellement l'âge de dix ans. Il habite dans un pays imaginaire en compagnie d'enfants perdus, de sirènes, de peaux-rouges, de pirates et de la fée Clochette. Il joue au chef de bande sympathique qui a toujours raison. Sa force : il est capable de voler. Il manie également bien l'épée, comme en témoigne la main qu'il a coupée au Capitaine Crochet. Dans la version de Disney, les personnages sont beaucoup plus "cartoonesques", ce qui n'est pas étonnant pour un dessin animé. *Hook* se demande ce qui arriverait si Peter grandissait quand même... Le film de 2003 est parcouru d'un enthousiasme enfantin, d'un charme juvénile et d'histoires palpitantes, sans jamais négliger pour autant le côté sombre et emprunt de mélancolie de la fiction écrite initialement par Barrie.

Peter Pan est un peu le grand frère auquel chacun souhaite ressembler. Il danse avec les peaux-rouges, se bat contre les pirates, nage avec les sirènes et surtout, il peut voler. Dans presque toutes les adaptations, le meilleur moment est celui où Peter Pan apprend aux enfants Darling à s'envoler à leur tour. La jeune Wendy s'empare de l'ombre de Peter (une idée pleine de fantaisie), après quoi ils font connaissance et décident de se rendre au Pays Imaginaire. Mais l'histoire n'est pas uniquement amusante ; elle est également touchante. Les enfants perdus du Pays Imaginaire voient en Wendy une mère de substitution ; ils lui demandent d'ailleurs de leur expliquer ce qu'est exactement une mère. On comprend alors qu'il n'est peut-être pas si facile d'être Peter Pan, lui qui n'a pas de maman pour lui lire un conte de fées avant d'aller au lit...

1 5 10

BOBBY DRISCOLL

" CONTINUE ! RETOURNE CHEZ TOI ET GRANDIS !
MAIS J'TE PRÉVIENS : UNE FOIS QUE TU AURAS GRANDI,
TU NE POURRAS JAMAIS REVENIR. JAMAIS !"

SWEENEY TODD

JOHNNY DEPP

Sweeney Todd (1928) - Walter West,
The Demon Barber of Fleet Street (1936) - George King,
Sweeney Todd, le diabolique barbier de Fleet Street (2007) - Tim Burton

Premier interprète : Tod Slaughter

Devenu une référence pour les adeptes de films d'horreur, Tod Slaughter a incarné Sweeney Todd, un dangereux psychopathe motivé par la cupidité. Dans l'adaptation musicale de Stephen Sondheim, on lui attribue un alias, Benjamin Barker ; Todd devient ainsi un antihéros qui cherche vengeance. Le Sweeney à la mèche blanche interprété par Johnny Depp est impitoyable, à l'instar de la plupart des personnages de cette comédie musicale pessimiste dans laquelle les éclaboussures de sang sont légion. Les acteurs ne chantent pas à pleine voix pour le public mais pour eux-mêmes — ce qui est tout de même atypique pour une comédie musicale. Lorsque le barbier se venge du juge, une série de victimes innocentes voient leurs gorges tranchées avant d'être catapultées dans la cave de Miss Lovett (Helena Bonham Carter). Là, les dépouilles sont immédiatement transformées en une farce qui garnit des petits chaussons fourrés à la viande.

Le seul moment réellement comique du film de Tim Burton (en dehors de l'humour noir) est la bataille qui oppose Sweeney Todd au charismatique Pirelli (Sacha Baron Cohen), et la mort de ce dernier. La fameuse scène où le barbier retrouve son rasoir après un long exil est elle aussi mémorable. Une harmonie parfaite se dégage du couple Johnny Depp / Helena Bonham Carter. Ensemble, ils fantasment sur le type de viande dont ils pourront farcir leurs pâtés...

1 5 10

MOORE MARRIOTT

VOLDEMORT
RALPH FIENNES

Harry Potter à l'école des sorciers (2001), *Harry Potter et la chambre des secrets* (2002) – Chris Columbus, *Harry Potter et le prisonnier d'Azkaban* (2004) – Alfonso Cuarón, *Harry Potter et la coupe de feu* (2005) – Mike Newell, *Harry Potter et l'ordre du Phénix* (2007), *Harry Potter et le prince de sang-mêlé* (2009), *Harry Potter et les reliques de la mort - 1ère partie* (2010), *Harry Potter et les reliques de la mort - 2ème partie* (2011) – David Yates

Rôle repris par : Richard Bremmer, Christian Coulson

"Je suis Lord Voldemort" est l'anagramme de "Tom Elvis Jedusor", le nom du méchant adversaire d'Harry Potter. C'est un magicien puissant qui croit en l'existence d'une race pure (même s'il n'en n'est pas issu lui-même) et lève une armée afin de venir à bout des "sangs viciés". Les films et les livres dans lesquels Voldemort apparaît offrent en effet des similitudes avec des situations politiques connues, telles que le nazisme au temps de la Seconde Guerre mondiale. Mais ce personnage a aussi des faiblesses : il est incapable de ressentir de l'amour ou de la compassion et a une peur extrême de la mort. C'est d'ailleurs pour cette raison qu'il a divisé son âme en sept fragments ("Horcruxes") : il ne pourra ainsi mourir que si ces sept éléments sont un jour détruits. Mais il se trouve qu'Harry Potter porte en lui l'un de ces Horcruxes...

Le moment le plus fascinant des aventures de Harry Potter pourrait bien être la résurrection de Voldemort dans *Harry Potter et la Coupe de Feu*. Voldemort retrouve un corps qui lui est propre (pâle, avec de longs doigts et un visage de serpent) grâce à une formule nécessitant entre autres le sang de Harry et la chair d'un serviteur. Au cours de cette scène, il tue un étudiant. Ses disciples ("*Death Eaters*", les "Mangemorts") le rejoignent et il constate à nouveau que Harry n'est pas un adversaire très facile à vaincre. Attribuons une mention spéciale à Severus Rogue (Alan Rickman), un professeur toujours dépeint comme un méchant au service de Voldemort, mais qui s'avère être finalement un espion pour le compte du Bien, et protecteur de Harry.

1 5 10

" LE BIEN ET LE MAL N'EXISTENT PAS. IL N'Y A QUE LE POUVOIR QUI EXISTE... ET CEUX QUI SONT TROP FAIBLES POUR LE CHERCHER."

LA MECHANTE SORCIERE DE L'OUEST
MARGARET HAMILTON

Le Magicien d'Oz (1939) - Victor Fleming,
The Wiz (1978) – Sidney Lumet

Rôle repris par : Mabel King

La Méchante Sorcière de l'Ouest est la plus grande menace qui se présente à Dorothy Gale (Judy Garland) sur le chemin qui la mène au magicien d'Oz. La Sorcière aime plus que tout les escarpins magiques de couleur rouge qui appartenaient autrefois à sa sœur, la Méchante Sorcière de l'Est, avant que Dorothy ne l'écrase par accident après que sa maison se soit écroulée. Si l'homme de fer-blanc, l'épouvantail et le lion sans courage sont des représentations des peurs enfantines, la Méchante Sorcière l'est sans aucun doute aussi à sa façon. Avec son nez crochu, ses verrues, sa peau verte, ses vêtements noirs, son balai et son chapeau pointu, c'est l'archétype de la sorcière des contes pour enfants. De surcroît, elle a un rire glaçant et n'hésite pas à maltraiter les petits chiens. Dans ce pays d'Oz en technicolor (une invention de l'auteur L. Frank Baum), elle veut faire de chacun son esclave, à l'instar de son armée de singes volants.

Lors de sa traversée du pays d'Oz, Dorothy est toujours pourchassée par la Méchante Sorcière. Tout est fait pour que le spectateur ne l'oublie pas. Régulièrement, on la voit apparaître — derrière un arbre, volant sur son balai ou scrutant sa boule de cristal. Le moment où elle apparaît dans son nuage rouge est amusant. Margaret Hamilton a d'ailleurs été sérieusement brûlée au visage et aux mains lors de l'enregistrement de l'une de ces fameuses scènes. Mais la séquence la plus mémorable est sans doute celle où elle meurt après que Dorothy lui ait involontairement jeté un seau d'eau au visage.

1 5 10

SCIENCE - FICTION

L'avenir est un trou noir, un univers insaisissable qui laisse toute latitude au fantasme. Dans l'imaginaire collectif, le futur est rempli de droïdes, de robots et de héros qui tentent de lutter contre la suprématie des machines. Pourtant, en arrière-plan, l'homme porte toujours en lui la peur de perdre son humanité. Car la majorité des personnages de science-fiction ont en commun cette question : qu'est ce qui fait de nous des humains ? Lorsqu'une machine commence à penser de manière autonome, ne dépasse-t-elle pas le simple statut de machine ? Si les inventions humaines sont la plupart du temps des alliées, il n'est pas impossible qu'elles se retournent contre nous. Force est de constater que la question du futur a de tout temps fait les beaux jours du cinéma. La science-fiction a livré quelques uns des personnages, les plus marquants du cinéma, bons et méchants confondus.

SCIENCE-FICTION

AGENT SMITH
HUGO WEAVING

Matrix (1999), *Matrix Reloaded* (2003), *Matrix Revolutions* (2003) – Andy et Lana Wachowski

À l'origine, Smith est un agent responsable du maintien de l'ordre dans la Matrice, un monde artificiel dans lequel les humains sont maintenus sous contrôle et prisonniers des machines. Il se mue bientôt en un programme de contrôle déviant, fortement individualiste. Il peut intervenir sur l'environnement de la Matrice (en modifiant les règles de la pesanteur par exemple) et prendre le contrôle de toute simulation du corps humain dans cette réalité virtuelle. À la fin, il a cloné à son image presque tous les corps de la Matrice et déclaré la guerre aux humains (qu'il hait profondément) et aux machines. C'est ainsi que les humains et les machines finiront par s'associer pour combattre Smith. Sa principale qualité consiste dans sa faculté à contourner les lois de la Matrice ; mais son pouvoir est limité car il est enfermé dans un programme spécifique où ses facultés sont restreintes.

Smith et Néo, le héros de l'histoire, s'opposent à de nombreuses reprises. Le film est connu pour ses effets spéciaux et ses impressionnantes scènes de combat. L'armée de clones de Smith est, à son image, pleine de haine et calculatrice. Et pourtant, ce n'est pas ce que l'on retient principalement de l'interprétation de Weaving. Sa voix mielleuse et menaçante, son regard fixe où s'inscrit sa haine du genre humain, sont autant d'éléments bien plus marquants encore. Pour s'en rendre compte, il suffit de regarder dans le premier opus la scène d'interrogatoire et la démonstration que Smith expose à Morpheus sur la race humaine. Son refus de désigner Néo autrement que par son nom dans la Matrice est également un fait révélateur. Il s'est ainsi fait beaucoup de fans qui s'obstinent à prononcer comme lui : "M. Anderson"...

CAPITAINE JAMES T. KIRK & M. SPOCK

WILLIAM SHATNER & LEONARD NIMOY

CHRIS PINE & ZACHARY QUINTO

Star Trek, le film (1979) – Robert Wise,
Star trek II - La Colère de Khan (1982), *Star trek VI - Terre inconnue* (1991) – Nicholas Meyer,
Star trek III - À la recherche de Spock (1984),
Star trek IV - Retour sur Terre (1986) – Leonard Nimoy,
Star trek V - L'Ultime Frontière (1989) – William Shatner,
Star trek : Générations (1994) – David Carson,
Star Trek (2009) – J.J. Abrams

Jim Kirk et Monsieur Spock, ou l'alliance fraternelle de l'espace. Le premier possède les principales caractéristiques du héros, le second est rationnel et distant. Bien qu'ils soient diamétralement différents, le succès de *Star Trek* repose avant tout sur la relation qu'ils entretiennent (au même titre que les rôles secondaires, les effets spéciaux, le système de propulsion du vaisseau, la mythologie caractéristique, etc.). La série, les *spin-offs* et les longs-métrages posent tous la question des rapports humains et de l'intelligence. Kirk est le seul étudiant de la Starfleet Académie à avoir réussi le test insoluble de Kobayashi Maru ; il devient ainsi le plus jeune capitaine que Starfleet ait jamais connu. Spock est à moitié vulcain (une race extraterrestre guidée par la raison), en lutte avec ses sentiments humains. Le film le plus récent (qui s'adresse tant aux fans de *Star Trek*, les "trekkies", qu'à des amateurs plus récents) relate, dans un autre espace temporel, l'histoire d'amour qui unit Spock et Kirk. On découvre ainsi les personnages à un moment antérieur de leur vie.

Il y a une réserve inépuisable de moments singuliers dans *Star Trek*, dont voici une sélection loin d'être exhaustive : l'abnégation héroïque de Spock dans *La Colère de Khan* ; les scènes absurdes sur la planète Terre dans *Retour sur Terre*, où les deux héros laissent apparaître leur côté comique et leur plaisir de jouer (les sourcils en accents circonflexes et les oreilles pointues de Spock sont cachés par un trait blanc). Le film de 2009 nous propose quasiment un face-à-face romantique. Kirk, sur les conseils de son compère venu du futur (un petit rôle pour Leonard Nimoy), va libérer les émotions du jeune Spock, mission qu'il accomplit avec succès en insultant sa mère défunte. La scène d'ouverture est culte également, décrivant l'espace comme la dernière frontière jamais franchie, mais vers laquelle l'équipage du Starfleet se dirige hardiment !

DARK VADOR
DAVID PROWSE, JAMES EARL JONES (VOIX)

La Guerre des étoiles (1977),
Star wars : Episode III - La Revanche des Sith (2005) – George Lucas,
L'Empire contre-attaque (1980) – Irvin Kerschner,
Le Retour du Jedi (1983) – Richard Marquand

Rôle repris par : Hayden Christensen

Dark Vador, alias Anakin Skywalker, fut un élève Jedi très prometteur ; mais le traumatisme de voir mourir sa mère le poussa à se laisser séduire par le côté obscur de la Force, en marchant dans les pas de son dernier mentor, Dark Sidious (l'Empereur Palpatine). Lorsqu'il prend connaissance du décès de sa femme, Vador se détourne définitivement du Bien et devient l'un des méchants incontournables de l'histoire du cinéma. Il conserve néanmoins au plus profond de lui-même une part de bonté, comme le montre la scène où le personnage meurt. Il est amusant de noter que James Earl Jones, le doubleur de ce personnage, a plus tard prêté sa voix à Mufasa, le père de Simba dans *Le Roi lion*.

Trois scènes de la "tragédie de Dark Vador" (suivant l'expression de George Lucas lorsqu'il parle de ses deux trilogies) sont aussi mémorables que représentatives des transformations du personnage. Dans *La Revanche des Sith*, Anakin est grièvement brûlé lors d'un combat avec son ancien professeur, Obi-Wan Kenobi. Afin qu'il survive, il est emballé dans un costume noir et équipé d'un casque qui bâtiront sa légende ; c'est dans cette nouvelle armure que le véritable méchant prend forme. Dans *L'Empire contre-attaque*, Dark Vador révèle le lien familial qui l'unit à Luke et donne ainsi vie à l'une des répliques de cinéma les plus connues de l'histoire. Dans *Le Retour du Jedi*, Vador sacrifie sa vie pour sauver celle de son fils. Juste avant de mourir, il découvre son visage aux yeux de Luke et redevient ainsi Anakin. Il trouve la rédemption dans la mort.

1 5 10

" LUKE, JE SUIS TON PÈRE."

ELLEN RIPLEY
SIGOURNEY WEAVER

Alien - Le huitième passager (1979) – Ridley Scott, *Aliens - Le retour* (1986) – James Cameron, *Alien 3* (1992) – David Fincher, *Alien, la résurrection* (1997) – Jean-Pierre Jeunet

Bien que la même héroïne soit au centre des quatre opus d'*Alien*, qu'elle porte le même nom, lutte contre le même monstre et soit interprétée par la même actrice, on peut dire sans se fourvoyer qu'il y a bien dans cette série quatre Lieutenants Ellen L. Ripley et quatre épisodes bien différents. Celle-ci est à deux reprises l'une des seules survivantes d'une confrontation avec des créatures d'un autre monde. Son seul objectif devient alors d'éradiquer définitivement ces monstres. Une tâche bien délicate au regard de leur degré de perfection et de l'intérêt qu'ils suscitent à ses yeux... Sigourney Weaver incarne une Ripley entêtée, sensuelle et de plus en plus hardie. Son personnage évolue, de l'héroïne rusée du film d'horreur typique vers une martyre à l'instinct maternel très développé, pour finir en une super-version d'elle-même. Peu de films d'action sont ainsi portés par une femme, mais Ripley s'impose incontestablement comme la plus grande force de la série des *Alien*.

Le final du premier épisode est inscrit dans nos mémoires. Ellen Ripley l'emporte seule sur le monstre dans une tenue des plus suggestives : slip et petite chemise de nuit ! La rumeur a circulé selon laquelle cette scène devait être à l'origine tournée par Sigourney Weaver totalement nue, afin de souligner sa vulnérabilité... Mais la 20th Century Fox s'est opposée à cette idée. La confrontation avec la reine, dans *Alien*, et sa mort, dans *Alien 3*, sont des moments inoubliables. Ellen Ripley se jette dans les flammes tandis que le monstrueux embryon qu'elle porte s'extrait de son ventre. Dans *Alien : la résurrection*, c'est le clone de Ripley qui tient les commandes de l'histoire, confronté aux résultats peu concluants de ses tentatives de reproduction précédentes.

1 5 10

" ÉLOIGNE-TOI D'ELLE, SALOPE ! "

HAN SOLO
HARRISON FORD

La Guerre des étoiles (1977) – George Lucas,
L'Empire contre-attaque (1980) – Irvin Kerschner,
Le Retour du Jedi (1983) – Richard Marquand

Han Solo est le légendaire pilote du vaisseau spatial Faucon Millenium, qu'il dirige avec son copilote Wookie Chewbacca. Contrebandier téméraire, c'est un héros par accident qui, contre la promesse d'une importante somme d'argent (avec laquelle il pourra rembourser Jabba le Hutt) se retrouve impliqué dans une alliance rebelle opposée à l'Empire Galactique. Son gilet est aussi emblématique que sa répartie sarcastique. Très fier de sa réputation de mauvais garçon, Han Solo affiche en permanence un air contrarié (même lorsqu'il cherche à être agréable...), qui finit par agacer la princesse Leia (Carrie Fisher). C'est ainsi que dans *La Guerre des étoiles*, ces deux héros intrépides ne cessent de se chamailler et de repousser le moment où ils finiront par se déclarer leur flamme. En réalité, Han Solo est un être charmant et un héros central de la série, qui sauve Luke à plusieurs reprises. Il apprendra peu à peu à favoriser l'esprit d'équipe et finira bien sûr par conquérir le cœur de la princesse !

Parmi les rares séquences où Han Solo parvient à garder son calme, on se souvient de sa confrontation avec Greedo (qui veut le livrer à Jabba le Hutt) dans *La Guerre des étoiles*, qui se déroule dans la cantine de Mos Eisley. Tranquillement assis à une table, Solo attrape discrètement son revolver et tire par surprise sur Greedo. Légendaire ! Dans *L'Empire contre-attaque*, Dark Vador congèle Solo, mais Leia parvient à lui déclarer son amour avant qu'il ne soit inconscient. Ce dernier réagit avec flegme comme à son habitude, en prononçant un simple "je le savais" ; mais ses yeux attendris trahissent son émotion. Quoi qu'il se passe, on ne peut douter une seconde que tout finira par rentrer dans l'ordre.

1 5 10

" JE N'OBÉIS AUX ORDRES QUE D'UNE SEULE PERSONNE : MOI-MÊME."

LUKE SKYWALKER
MARK HAMILL

" JE M'APPELLE LUKE SKYWALKER.
JE SUIS LÀ POUR VOUS SAUVER."

La Guerre des étoiles (1977) – George Lucas,
L'Empire contre-attaque (1980) – Irvin Kerschner,
Le Retour du Jedi (1983) – Richard Marquand

On fait la connaissance de Luke Skywalker dans *La Guerre des étoiles*. C'est un jeune type bougon, puéril et nonchalant, mais profondément ambitieux. Avec l'aide de Obi-Wan Kenobi (Alec Guinness) — qui le forme et lui transmet le sabre laser de son père — et de son inséparable droïde R2-D2, il rejoint l'alliance rebelle contre l'Empire Galactique et s'initie à "La Force". Lorsque Kenobi meurt, ce dernier laisse son esprit accompagner le jeune Luke, qui entame une formation de chevalier Jedi auprès de maître Yoda. Celui-ci lui parle de son passé, de son père et de sa sœur (Luke et Leia ont été séparés à la mort de leur mère afin d'être moins reconnaissables aux yeux de Dark Vador). En permanence, le côté obscur de La Force tente de prendre l'ascendant sur lui ; jusqu'au jour où il se confronte à son père dans un combat décisif.

Les deux moments les plus fondateurs pour Luke sont ses combats contre son père, Dark Vador. Lors de leur premier affrontement, ce dernier perd une main (remplacée plus tard par une main artificielle) ; le seigneur du Mal déclare alors qu'il ne peut être le tueur du géniteur de Luke puisqu'il en est lui-même le père. Incrédule, Luke se laisse tomber dans un puits. Lorsqu'ils s'affrontent à nouveau dans *Le retour du Jedi*, Dark Vador menace de convaincre Leia de rejoindre son camp. Submergé par la colère, Luke reconnaît alors la part de Mal qui l'habite et refuse de tuer son père. Vador sera mortellement touché par les éclairs de l'Empereur en sauvant la vie de son fils. À l'agonie, il demande à son fils de lui ôter son casque. Pour la première et dernière fois, le jeune Jedi regarde son père, Anakin Skywalker, dans les yeux.

1 5 10

"MAD" MAX ROCKATANSKY
MEL GIBSON

Mad Max (1979), *Mad Max 2 : le défi* (1981), *Mad Max : au-delà du dôme du tonnerre* (1985) – George Miller

Surnommé "le guerrier de la route", Mad Max est un flic qui patrouille dans une Australie post-nucléaire. Il a perdu son meilleur ami, sa femme et son enfant, tous massacrés par le terrible gang du Chirurgien. Après s'être vengé, il erre sur les routes, sans destination et sans but, essayant simplement de rester en vie et de trouver du carburant pour alimenter son véhicule. Ses talents de pilote, sa dureté et son apparente indifférence (démentie par son regard sauvage et expressif) sont ses principaux atouts. Solitaire, il parle peu ; mais son périple va l'amener à aider et à côtoyer un grand nombre de personnes. Quant à ses opposants, ce sont de véritables barbares, connus sous les noms de Humungus, Entité et Master-Blaster. Au fur et à mesure des épisodes de la série, évoluant dans un monde apocalyptique, Max semble devenir de plus en plus sauvage — sa coiffure et son costume deviennent à ce titre de plus en plus extravagants.

La réputation de la série des *Mad Max* ne repose pas uniquement sur son héros silencieux. Les scènes d'action sont saisissantes. Au volant de son vieil engin, Mel Gibson est tour à tour poursuivi par des hélicoptères de seconde main, des enfants, des tanks et bien d'autres engins tout aussi peu réalistes... La bataille dans *Mad Max : au-delà du dôme du tonnerre* est formidable. Avec ses longues jambes moulées dans des bas résille, Tina Turner règne sur Bartertown où s'est formée une communauté alimentée par du lisier de porc. Dans cette microcité post-moderne, un stade accueille les hommes en mal de confrontations viriles. C'est ainsi que Max se voit entraîné dans un combat face à Blaster. Sous les cris de la foule, les deux hommes demeurent suspendus dans leur cage, munis de hâches et de tronçonneuses.

1 5 10

NEO
KEANU REEVES

Matrix (1999), *Matrix Reloaded* (2003), *Matrix Revolutions* (2003) – Andy et Lana Wachowski

Matrix est un monde qui ressemble au nôtre mais qui ne l'est pas. Si les hommes ont le sentiment de vivre réellement au sein de cet univers artificiel, ils sont en réalité prisonniers dans le monde réel, dans lequel ils servent de source d'énergie aux machines. Néo est le surnom de Thomas A. Anderson, un programmateur et pirate informatique qui évolue dans la Matrice. Après avoir absorbé une pilule rouge que lui donne Morpheus, le chef de la rébellion dans le monde réel, il devient capable de percevoir la vérité. Considéré comme "l'élu" qui va les sauver du joug des machines, Néo apprend petit à petit qu'il peut manipuler la Matrice et qu'il détient des pouvoirs surhumains : faculté de voler, télépathie, clairvoyance vitesse, invulnérabilité — et même le don de ressusciter les morts. Reeves est sans conteste "*The One*" pour ce rôle ; on dirait qu'il a toujours porté ce manteau en cuir noir.

Souvent parodiée, la scène où Néo doit choisir entre les pilules rouge et bleue est légendaire. Hormis les effets spéciaux très pointus (le "*freeze frame*" obtenu avec une caméra mobile) qui permettent aux personnages de flotter dans les airs pendant les scènes de combat ou d'éviter de manière très esthétique les balles, la trilogie *Matrix* comprend de nombreuses séquences cultes. On se souvient du mouchard qui entre dans le nombril de Néo ; du magasin virtuel qui contient "des armes, beaucoup d'armes" ; du programme d'entraînement au kung-fu avec lequel Néo défie Morpheus ; des combats contre l'agent Smith et ses clones. Les scènes mémorables ne manquent pas dans cette trilogie !

1 5 10

ROBOCOP
PETER WELLER

RoboCop (1987) – Paul Verhoeven,
RoboCop 2 (1990) – Irvin Kerschner,
RoboCop 3 (1993) – Fred Dekker

Rôle repris par : Robert John Burke

1987. L'action se situe dans un futur proche dans la ville de Détroit. La police est aux mains d'une sinistre firme de sécurité privée qui a mis au point une stratégie pour éradiquer le crime. Brutalement assassiné par les membres d'un gang, l'agent Murphy est soumis à une expérience inédite. Avec ce qu'il reste de son corps et de son cerveau, on crée un droïde surhumain : RoboCop. Mi-homme mi-robot, cette créature est doté d'une pensée logique mais est dépourvue de spontanéité. Avec l'aide de son ancienne coéquipière Lewis, RoboCop va tenter de rassembler ses rêves et ses souvenirs pour partir à la recherche de l'homme qui est en lui. Au cours de ses dernières interventions, il ne porte plus de casque et utilise son propre nom. Si ces films interrogent le pouvoir des médias et de la nature humaine face à la machine, *RoboCop* demeure avant tout un thriller d'action fantastique et comique, avec des gangsters très méchants et des héros très héroïques.

Chaque scène a son propre ton : comique lorsque le maladroit robot ED-209 doit éliminer RoboCop, mais qu'il se retrouve forcé de le laisser s'enfuir car il ne parvient pas à monter l'escalier avec sa lourde cuirasse (le tout réalisé avec une ancienne technique d'animation). Tragique lorsque des individus se changent en RoboCops. Frappant, lorsqu'un malfrat s'effondre dans un tonneau de déchets chimiques et s'y dissout. La conclusion du film rend hommage à l'humanité de RoboCop. Le droïde, programmé pour ne jamais s'en prendre aux administrateurs de l'entreprise, ne peut régler son compte au vice-président, qui est pourtant le pire des scélérats. Mais lorsque le directeur décide finalement de le licencier, RoboCop a le champ libre — et il ne s'en prive pas, sans oublier de remercier le directeur de sa décision ! Et lorsque celui-ci lui demande son nom, RoboCop répond avec fierté de sa voix mécanique : "Murphy". Clap de fin.

1 5 10

" SERVIR LA CONFIANCE PUBLIQUE.
PROTÉGER LES INNOCENTS.
FAIRE RESPECTER LA LOI. "

ROY BATTY
RUTGER HAUER

" JE VEUX PLUS DE VIE, ENFOIRÉ. "

Blade Runner (1982) – Ridley Scott

En tant que chef des six "réplicants" de la série "Nexus 6", Roy Batty nous pose une question fondamentale dans un monde en mutation rapide : qu'est-ce qui fait de nous des êtres humains ? Un réplicant est une réplique de l'homme, développée et fabriquée pour être exploitée et possédant, dans le cas de *Blade Runner*, des aptitudes au combat. Les androïdes sont dotés d'une durée de vie limitée à quatre ans, ce qui pousse Batty à se rebeller puis à s'échapper. Il veut en effet rencontrer son concepteur, le fabriquant Tyrell, dans le but qu'il lui reprogramme sa durée de vie. Lorsqu'il le trouve, le réplicant commence par demander pardon à ce dernier pour les actes insupportables qu'il a commis. En tant que spectateur — et malgré sa cruauté — on ne peut s'empêcher d'avoir de la compassion pour ce personnage. Roy Batty, incarné par le fantastique acteur Rutger Hauer, semble constamment naviguer le long d'une ligne invisible : l'infime frontière entre le bien et le mal.

Blade Runner a été écrit et réalisé d'après le roman *Les Androïdes rêvent-ils de moutons électriques ?*, de Philip K. Dick. Le film offre deux scènes de mort remarquables, restées parmi les plus emblématiques de l'histoire du cinéma. Dans la première, Roy Batty embrasse son créateur et le broie avec ses mains après que ce dernier lui ait sommé d'abandonner l'idée de prolonger sa vie. Plus tard, il sauve la vie de Rick Deckard (Harrison Ford), le Blade Runner chargé de le récupérer. Batty prononce alors un discours marquant, dans lequel il passe en revue toutes les choses qu'il a vues au cours de sa courte vie. Il évoque la possibilité que tous ses souvenirs soient perdus à jamais, tels "des larmes dans la pluie", s'il venait à mourir. Puis, l'heure venue, il subit son destin ; non sans avoir fait preuve d'une certaine humanité.

1 5 10

SARAH CONNOR
LINDA HAMILTON

Terminator (1984), *Terminator 2 - Le Jugement dernier* (1991) – James Cameron

Dans un futur proche, les machines ont pris le pouvoir. Seule une poignée d'hommes leur résistent. Les machines décident alors d'envoyer dans le passé un Terminator pour tuer Sarah Connor, la mère du chef de la résistance John Connor, afin que ce dernier ne voit jamais le jour. John envoie lui aussi un soldat dans le passé, Kyle Reese, pour assurer la protection de sa mère. Durant la courte période que Kyle et Sarah passent ensemble, ils conçoivent John et éliminent le Terminator. Dès lors, Sarah fait tout pour préparer son fils à la rébellion qu'il devra mener. Mais bientôt enfermée dans un centre spécialisé, elle voit son fils confié à une famille d'accueil. Un autre Terminator est alors envoyé à leur poursuite. Sarah doit sa survie à l'aide que lui apporte dans sa fuite T-800 (Schwarzenegger), le robot qui devait la tuer dans le précédent épisode. Ensemble, ils vont tenter de mettre un terme à la domination des machines.

La fin du premier *Terminator*, au cours de laquelle Sarah broie le droïde dans une presse, laisse déjà transparaître la femme de poigne qu'elle deviendra dans le second épisode. Ce n'est que lorsqu'elle tente de tuer Dyson (l'inventeur de Skynet et, indirectement, le responsable de la conscience des machines) qu'elle s'aperçoit, avec l'aide de son fils, qu'elle est elle-même devenue un Terminator. Elle retrouve ainsi son humanité. On comprend alors pourquoi John, du fait de son caractère et de son éducation stricte, est voué à devenir plus tard le leader d'une génération révoltée. On se souvient de la scène où T-800 sort de l'ascenseur et refait surface dans la vie de Sarah. Confuse et effrayée lorsqu'elle l'aperçoit, elle perd littéralement ses moyens. Il lui faudra un long moment pour se convaincre que son ancien ennemi est désormais de son côté.

1 5 10

TERMINATOR
ARNOLD SCHWARZENEGGER

Terminator (1984), *Terminator 2 - Le Jugement dernier* (1991) – James Cameron, *Terminator 3 - Le Soulèvement des machines* (2003) – Jonathan Mostow

Composé d'un squelette métallique et d'une enveloppe charnelle, Terminator est une machine du futur envoyée dans le passé (en 1984) pour tuer Sarah Connor. Objectif : empêcher que cette dernière ne donne naissance à un fils qui s'avèrera être, bien des années plus tard, le leader de la révolution des hommes sur les machines qui ont pris le pouvoir sur Terre. Ce classique apocalyptique fait référence à l'Annonciation, version science-fiction, tout en adoptant les codes du film d'horreur. Tout de cuir vêtu et insensible à la douleur, Arnold Schwarzenegger donne vie à un impeccable tueur sans âme. L'accent autrichien de l'acteur et son jeu figé nous empêche en effet d'oublier qu'il est un droïde. Dans les deuxième et troisième épisodes, un nouveau Terminator est envoyé dans le passé, cette fois pour protéger John Connor. C'est alors que le méchant du premier opus bascule du côté des héros ; il promet qu'il ne tuera plus.

Hormis la réplique culte du Terminator — "*I'll be Back*" ("Je reviendrai") —, c'est la mort du droïde qui marque les esprits. Dans le premier épisode, Sarah Connor pense que Schwarzenegger est vaincu mais il revient tel un squelette mécanique (car son enveloppe charnelle a complètement brûlé). Après une poursuite infernale, Sarah parvient à l'écraser et prononce ses célèbres paroles : *"You're terminated, sucker"* ("Tu es fini, blanc-bec"). Dans le second volet de la trilogie, le (bon) Terminator veut que Sarah le tue en le plongeant dans de l'acier fondu afin que la dernière puce contenant les informations vitales pour les machines soit détruite. Et alors qu'il fond sous l'effet de la matière en ébullition, il brandit encore son pouce en l'air pour faire part de sa résignation. Bluffant !

1 5 10

PSYCHOPATHES

Ils vivent à l'étage du dessous, sont assis à côté de nous dans le bus. On leur parle du beau temps ; on les aide même à porter leur sac. Et pendant qu'ils nous sourient amicalement, ils imaginent pour leur part comment ils vont nous arracher les doigts... Derrière ces êtres apparemment inoffensifs se cachent des femmes et des hommes hystériques et terrifiants, des individus à l'imagination débordante et des personnages diaboliques que dissimule une timidité feinte. Si certains ont été traumatisés au cours de leur enfance, d'autres sont simplement mauvais de nature. Les psychopathes, c'est du pain béni pour les réalisateurs et les interprètes. Et pour nous, spectateurs, c'est même parfois un moment de plaisir. Qui n'aime pas en effet assister à une petite soirée arrosée de frissons, se délecter d'un jeu d'acteur un peu gras et d'une exposition des déviances humaines (complexe d'Œdipe ou autre traumatisme de guerre) ? On accepte ensuite tous les malaises, cauchemars et autres symptômes de paranoïa qui pourraient survenir par la suite.

PSYCHOPATHES

ALEX DELARGE
MALCOLM MCDOWELL

Orange mécanique (1971) – Stanley Kubrick

Alex DeLarge est un ado dérangé sorti du roman de Anthony Burgess. Il dirige les *Droogs*, un gang de petites frappes qui prennent plaisir à détruire, violer et brutaliser sans aucune retenue. Habillés d'une espèce de costume blanc et d'un chapeau melon, ils parlent le "Nadsat", mélange de russe et de cockney. Alex aime par dessus tout Ludwig van Beethoven, dont l'œuvre joue un rôle important dans le déroulement du film. Son intelligence et sa conscience rendent sa cruauté extrêmement gênante.

Le film se compose d'un enchaînement de scènes cultes et il n'est pas chose aisée de n'en retenir qu'une. Pourtant, la scène dont on se souvient la plupart du temps est celle où Alex tue une certaine madame Weathers avec un faux phallus géant. C'est d'ailleurs pour cet acte qu'il se retrouve ensuite en prison. Là, on assiste également à des moments inoubliables, et l'on constate que les crimes des *Droogs* sont bien moins cruels que ceux commis en prison. C'est ainsi qu'Alex se retrouve contraint de visionner des films violents au moyen d'un appareil qui lui maintient les yeux grand ouverts.

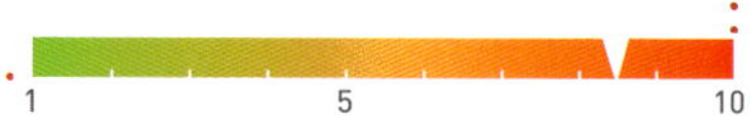

ALEX FORREST
GLENN CLOSE

Liaison fatale (1987) – Adrien Lyne

Avec son effrayante interprétation d'Alex, la maîtresse psychotique d'un homme marié sans histoires, Glenn Close a sans doute contribué à mettre fin à bon nombre de relations extraconjugales. Après un week-end passionné, que Dan (Michael Douglas) ne pensait être qu'un écart inoffensif à son contrat de mariage, la jeune femme impliquée ne le lâche plus. Érotomane, elle se persuade que l'amour qu'elle ressent à son égard est réciproque, alors que ce n'est pas le cas. Cela commence par un léger harcèlement, puis des appels au milieu de la nuit, une voiture totalement anéantie et une visite à sa femme. Son dépit la pousse à des actions de plus en plus inacceptables ; surtout lorsqu'elle annonce finalement à Dan qu'elle est enceinte. D'un caractère plutôt faible, ce dernier se laisse complètement dominer par Alex et reste indifférent à sa grossesse. Bien que le film fut la cible de critiques acerbes (du fait de la représentation psychotique d'une femme d'affaires accomplie), il reste un grand classique qui divertit la plupart des femmes et interpelle les hommes.

Le premier moment d'inconfort intervient lorsqu'Alex, qui ne veut pas se séparer de Dan, se tranche les veines. On commence alors à comprendre que quelque chose ne tourne pas rond chez elle. Pourtant, on continue encore à la défendre. Jusqu'au moment où elle plonge le lapin de la fille de Dan dans une casserole d'eau bouillante... Notre empathie disparaît pour de bon. La fin du film a subi un réaménagement (et l'on comprend pourquoi). À l'origine, Alex se tue et Dan est arrêté pour meurtre ; mais le public-test n'avait pas souhaité valider une telle conclusion, bien qu'elle eût été sans doute plus réaliste sur un plan psychologique. Le final retenu relève davantage du film d'horreur. Alex veut éliminer Beth, la femme de Dan, mais ce dernier tente de la noyer dans un bain. Tout le monde se souvient du moment où Alex se redresse subitement, un couteau à la main. La vengeance ultime intervient lorsque Beth finit par abattre la psychopathe. Au tour de Glenn Close de ne pas être à 100% satisfaite de cette adaptation, mais la scène, quoi qu'il en soit, est devenue légendaire.

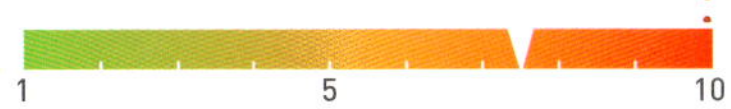

ANNIE WILKES
KATHY BATES

Misery (1990) – Rob Reiner

Paul Sheldon (James Caan) est l'auteur de la série romantique à succès centrée sur le personnage de Misery Chastain. Avec habileté, il joue sur deux peurs profondément ancrées chez la plupart des individus : celle d'être livré entièrement sans défense à un étranger et celle d'être poursuivi par un fou. Annie Wilkes vient au secours de Paul après un accident. Avec ses jambes cassées et un bras déboité, il se retrouve attaché à son lit, disposant d'une infirmière à domicile... On apprend bientôt qu'Annie est loin d'être tombée sur lui par hasard et qu'elle n'est pas aussi innocente qu'elle n'y paraît. Et son caractère s'endurcit plus encore après qu'elle ait découvert que l'écrivain laisse mourir Misery, son héroïne. C'est ainsi qu'elle l'oblige à écrire une suite, dans laquelle cette dernière revient à la vie. Les sautes d'humeur d'Annie nous donne la chair de poule ; en quelques secondes, elle passe d'une joyeuse sollicitude à une colère immodérée. Bien qu'elle ne supporte pas les jurons, elle poursuit en toute indifférence les tortures psychologiques et physiques qu'elle inflige à son otage.

Adapté d'un roman de Stephen King, *Misery* offre un suspense insoutenable : le spectateur sait que Misery est morte, Sheldon le sait également ; et bientôt, Annie l'apprendra à son tour. C'est la mâchoire serrée que l'on attend que la psychopathe achève la lecture de son livre. Sa rage, le moment arrivé, est à la hauteur de nos craintes. La façon dont la fureur d'Annie est portée à l'écran, éclairée et filmée en contre plongée, laisse un souvenir impérissable. Mais la séquence la plus marquante est sans conteste la scène où elle brise les chevilles de Paul avec une masse. Elle se montre alors si calme et si aimable, prétendant presque lui venir en aide... James Caan donne un excellent rendu de l'angoisse passive de Sheldon, et la seconde où l'on voit son pied se faire broyer demeure un grand moment d'effroi.

1 5 10

ANTON CHIGURH
JAVIER BARDEM

" EN QUOI CELA VOUS REGARDE,
D'OÙ JE VIENS, AMIGO ? "

No Country for Old Men (2007) – Ethan & Joel Coen

Le méchant de *No Country for Old Men* (adapté d'un roman de Cormac McCarthy) est Anton Chigurh, un tueur à gages chargé de retrouver l'argent d'une transaction de drogue qui a mal tourné. Il tue ses commanditaires et va récupérer le pactole. Pourtant, l'argent ne semble pas être sa motivation première. Son attitude est énigmatique ; il est notamment armé d'une carabine à air comprimé pour abattre du bétail. Personne ne sait d'où il vient, ni ce qu'il veut. Son apparence est étrange (surtout sa coiffure, très commentée). Sa morale lui est très personnelle, à savoir pile ou face dans le strict sens de l'expression. Ses victimes ont en effet la possibilité de jeter une pièce de monnaie en l'air avant d'être abattues. Sous les traits du beau Javier Bardem, terrifiant, Chigurh est un excellent méchant. Le public retient son souffle à chacune de ses apparitions... Réaction d'angoisse ou de plaisir ?

Rapidement, on sait à qui on a affaire. Après son arrestation, Anton étrangle un agent de police avec ses menottes. Le soin du détail apporté à cette scène est phénoménal : les deux personnages sont engagés dans une lutte au sol et on entend que leurs gémissements et le crissement des chaussures sur le lino. On voit ensuite les traces noires laissées sur la surface. Le regard d'Anton lorsqu'il essaie de tuer l'agent est distrait — comme s'il pensait à autre chose. La fusillade du motel est également mémorable ; avec ses chaussettes blanches au pied, Chigurh est glaçant.

1 5 10

BILL CUTTING DIT "BILL LE BOUCHER"

DANIEL DAY-LEWIS

" C'EST CE QUI PRÉSERVE L'ORDRE DES CHOSES. LA PEUR. "

Gangs of New York (2002) - Martin Scorsese

Bill Cutting a été inspiré par William Poole, un chef de bande allié des politiciens corrompus de New York dans les années 1850. Il est le chef de file des "Natifs", un groupe de Protestants blancs, Américains de souche, qui haïssent les immigrants. Un jour, "le Boucher" tue le chef des Irlandais, le prêtre Vallon. Seize ans plus tard, son fils, Amsterdam (Leonardo DiCaprio), réclame vengeance : il gagne d'abord sa confiance puis le tue le jour de sa fête. Dans ce film, le méchant fait de l'ombre au héros, parce que Day-Lewis, dirigé par Scorsese, ose être grotesque. Avec son chapeau haut de forme, son costume trois pièces, sa moustache épaisse et son œil de verre, c'est une caricature. Pourtant, sa colère est bien réelle. Avec son étrange accent et son infaillible sadisme, il sait se montrer menaçant et combine même philosophie et humour. Après quelques belles paroles, il peut brusquement exploser de rage et, en professionnel du maniement de couteau, détailler son adversaire...

Gangs of New York se caractérise par la cruauté animale de ses combats ; ne sont utilisés ni pistolets, ni poignards, mais des couteaux de boucher et des rasoirs. Dans l'une des scènes cultes du film, le Boucher explique à Amsterdam, à l'aide d'une carcasse de porc et d'un couteau, les différentes manières de tuer un homme. Plus tard, une autre séquence glace le sang. Exécutant un numéro de lancer de couteaux, Bill invite la petite amie d'Amsterdam (Cameron Diaz) à se placer sur la trajectoire de ses tirs. Tout le monde retient son souffle.

1 5 10

FRANK BOOTH
DENNIS HOPPER

Blue Velvet (1986) - David Lynch

Dans cette production noire et surréaliste, Jeffrey Beaumont (Kyle MacLachlan) découvre une oreille humaine ; il se retrouve propulsé au cœur d'une affaire qui l'amène à pénétrer les dessous insoupçonnés et troubles de sa "respectable" banlieue. C'est ainsi qu'il apprend que la chanteuse de club Dorothy Vallens (Isabella Rossellini) se laisse abuser sexuellement par le sadique Frank Booth, qui détient son mari et son enfant. Ce rôle inoubliable de psychopathe pervers et dérangé a signé le grand retour de Hopper à l'écran, qui offre une interprétation époustouflante. Devenu dès sa sortie un film culte, *Blue Velvet* dévoile une face cachée de l'Amérique et montre une part de l'inhumanité des hommes. Frank se révèle être un individu monstrueux. Sa consommation abusive de drogue et ses fantasmes sexuels peu communs en font, surtout à travers le regard de Hopper, le méchant le plus effrayant de Lynch ; et ce n'est pas peu dire. Lorsqu'il est finalement abattu, le monde recouvre immédiatement un peu de sa beauté.

La scène qui ouvre le film est bien connue. Son atmosphère évoque une banlieue américaine classique mais laisse apparaître, dans une forme stylisée et théâtrale qui caractérise l'ensemble du film, une grossièreté sous-jacente. Lors d'une scène hitchcockienne, Jeffrey observe depuis une armoire l'appartement de Dorothy, où cette dernière est en train de se faire violer par Frank. La chanson "*Blue Velvet*", de Bobby Vinton, pose le ton général du film. Elle est d'ailleurs chantée par Isabella Rossellini lors d'une scène d'intimité où Frank caresse avec insistance un morceau de velours bleu de sa robe de chambre, comme un enfant câline son doudou. Ce dernier voue une réelle admiration aux crooners, ce que l'on constate à nouveau lors d'une scène où, le visage recouvert de rouge à lèvres, il saisit violemment Jeffrey ; pendant ce temps, en arrière-plan, une prostituée se trémousse sur le toit de sa voiture au rythme de "*In Dreams*", de Roy Orbison, dont Frank répète inlassablement le texte d'un air menaçant.

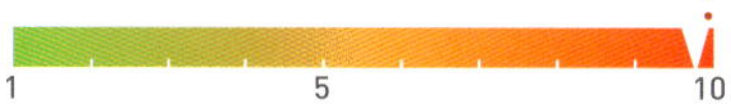

HANNIBAL LECTER
ANTHONY HOPKINS

Le Sixième Sens (1986) – Michael Mann,
Le Silence des agneaux (1991) – Jonathan Demme,
Hannibal (2001) – Ridley Scott,
Dragon rouge (2002) – Brett Ratner,
Hannibal Lecter - Les Origines du mal (2007) – Peter Webber

Rôle repris par : Brian Cox, Gaspard Ulliel

Thomas Harris est l'auteur d'une série de livres qui mettent en scène Hannibal Lecter. Plusieurs films ont ainsi été tournés et sont devenus célèbres dans le monde entier, notamment grâce à la performance d'Anthony Hopkins. Après que ses parents furent tués en Lituanie par un avion de chasse russe et que sa sœur fut dévorée par des soldats affamés (qui le font participer au festin), Hannibal s'enfuit et se retrouve aux États-Unis. Bien qu'il soit un psychiatre brillant, il ne peut s'empêcher de tuer ses patients, dont il mange le foie. Lorsqu'il se fait prendre, il aide à capturer d'autres tueurs en série depuis sa cellule. "Hannibal le Cannibale" est extrêmement intelligent et sait précisément comment manipuler les individus. Son ambiguïté est étrange puisque c'est un être désarmant et honnête qui a des comportements terrifiants. Il doit son côté humain aux relations qu'il entretient avec l'enquêtrice Clarice Starling. D'un tueur pur et dur, il devient une sorte d'antihéros qui punit les méchants.

Quatre livres, cinq films et quantité de citations légendaires... La fin à elle seule vaut son pesant d'or. Ce dont on se souvient se résume essentiellement à la relation qui unit Clarice et Hannibal, et aux conversations qu'ils entretiennent, tenus à distance l'un de l'autre par une simple vitre. Certaines horreurs ne passent pas non plus inaperçues : l'évasion de la cage dans *Le Silence des agneaux* ; le plat de cervelle sautée provenant tout juste d'un crâne tranché et servi à son propriétaire dans *Hannibal*. C'est à ces moments-là que la dure réalité nous revient en bloc : le Dr. Lecter est un psychopathe, et non un homme amical et éloquent tel qu'on pourrait parfois le croire.

1 5 10

" J'AURAIS AIMÉ QUE NOUS PUISSIONS BAVARDER DAVANTAGE,
MAIS J'AI UN VIEIL AMI POUR DÎNER."

JACK TORRANCE
JACK NICHOLSON

"JE NE VAIS PAS TE FAIRE DE MAL, JE VAIS JUSTE T'EXPLOSER LA CERVELLE."

Shining (1980) – Stanley Kubrick

Jack Torrance est un écrivain frustré qui exerce le métier de concierge durant l'hiver à l'hôtel *Overlook*. C'est ainsi qu'il se retrouve pendant plusieurs semaines dans cet hôtel retiré avec sa famille. Dans le livre de Stephen King, Jack est un héros tragique qui décline au fil de son alcoolisme et de ses accès de colère. Dans l'adaptation cinématographique, on suggère dès le début qu'il est dérangé, notamment lorsqu'on nous le montre négliger l'avertissement du directeur de l'établissement, d'après lequel le concierge précédent aurait tué toute sa famille. C'est pourtant exactement ce qui va se passer ; les esprits de l'hôtel incitent Jack à tuer sa femme et son enfant. Le jeu de Jack Nicholson est extravagant. Dans chaque scène, il se montre drôle ou sauvage, mais toujours de façon délirante. Le film se conclut sur la vision d'une image : une photo de l'hôtel avec Jack placé au centre, le regard plein de démence.

Shining est tout autant un film d'horreur qu'un drame familial. D'ailleurs, ce second aspect est peut-être le plus intéressant des deux. L'atmosphère devient chaque jour plus oppressante entre les murs de cet immense hôtel... Lorsque la femme de Jack lit le manuscrit de son livre, elle insiste sur une phrase ("Rien que du travail et pas de divertissement font de Jack un garçon terne"), qui se répète ensuite indéfiniment. C'est alors qu'on réalise, en même temps qu'elle, que son mari est devenu fou, et qu'il l'est même déjà depuis un bon moment. Cette scène fait place à une longue séquence, au cours de laquelle Nicholson a tout le loisir de laisser s'exprimer son génie. Après que Jack, qui a désormais définitivement perdu la raison, s'égare dans un labyrinthe où il pourchasse son fils avec une hache, il meurt gelé. C'est ainsi qu'il décède seul, isolé, avec dans ses yeux morts la marque de la folie.

1 5 10

JAME "BUFFALO BILL" GUMB

TED LEVINE

Le Silence des agneaux (1991) – Jonathan Demme

Tiré de l'œuvre de Thomas Harris, Jame est un tueur en série. Personnage secondaire du film *Le Silence des agneaux*, centré sur la relation Clarice / Hannibal, il n'en est pas moins un terrifiant criminel. Son obsession : enlever des femmes en léger surpoids en se faisant passer pour un blessé et les écorcher dans le but de se fabriquer un costume de femme. Il faut dire que lui-même n'est pas très bien dans sa peau... Il affame ses victimes (leur peau devient ainsi plus lâche) et les enduit de crème hydratante. D'après Hannibal Lecter, qui participe à l'enquête, Jame n'est pas un criminel de nature ; il a commencé ses sinistres pratiques après des années de maltraitance. Cela ne diminue en rien l'horreur que nous inspire "Buffalo Bill", sa sombre cave et son chien Precious.

Demandez à qui vous voulez : la scène la plus inoubliable dans laquelle apparaît Jame Gumb n'est pas sa course-poursuite avec Clarice dans l'obscurité, l'enlèvement de la petite fille ou la séance de pose de crème hydratante sur sa victime Catherine. Une seule référence possible : la séquence dans laquelle Jame se tient debout, apprêté et nu devant le miroir, et où il procède à une danse acharnée sur l'air de "*Goodbye Horses*", de Q. Lazarus. Au terme de sa transe, il dissimule son pénis entre ses jambes pour ressembler tout à fait à une femme. Extrêmement dérangeant...

1 5 10

" ME BAISERIEZ-VOUS ?
MOI, JE ME BAISERAIS.
JE ME BAISERAIS AVEC FORCE. "

MAX CADY
ROBERT MITCHUM

Les Nerfs à vif (1962) – J. Lee Thompson
Les Nerfs à vif (1991) – Martin Scorsese

Max Cady est un effrayant psychopathe issu du livre *The Executioners*, de John D. MacDonald. Il veut se venger de Sam Bowden dont le témoignage, des années auparavant, lui a valu une peine de prison pour viol. C'est pour assouvir sa vengeance qu'il se met à poursuivre sa femme et plus encore, sa fille. Le personnage a été incarné par deux Robert, Robert Mitchum et Robert De Niro, qui en ont offert deux lectures très différentes. Là où Mitchum donne vie à un individu plutôt réservé et pervers, De Niro se délecte à interpréter un assassin et violeur sociopathe véritablement terrifiant. Mitchum gagne nos faveurs avec sa vision brutale et raffinée, mais il est probable que la réalisation du film de 1962 ait influé sur notre choix. Plus modeste en effet, la première adaptation n'en était que plus palpitante.

Robert De Niro est admirable également. On se souvient non sans délectation de la scène oppressante au cours de laquelle il gagne petit à petit la confiance de Juliette Lewis. Dans un autre passage, il viole sa victime et lui arrache un morceau de joue avec ses dents. Chez Mitchum, l'angoisse provient surtout du sentiment d'insécurité permanent qu'il parvient à faire planer sur l'ensemble du film. Lorsque l'on sait que Nancy, la lolita de l'histoire, rôde à proximité, notre sang ne fait qu'un tour.

1 5 10

ROBERT DE NIRO

MICKEY & MALLORY KNOX
WOODY HARRELSON & JULIETTE LEWIS

" IL S'AGIT JUSTE DE MEURTRES. TOUTES LES CRÉATURES DE DIEU EN SONT CAPABLES. "

Tueurs nés (1994) – Oliver Stone

Oliver Stone ne fait pas dans la demi-mesure. Il produit dans un style frénétique une critique frontale de la culture médiatique contemporaine et de l'exploitation de la violence par les médias. Ses options esthétiques et techniques sont littéralement bluffantes : mélange d'images documentaires en noir et blanc, de caméras de surveillance, d'animation, de filtres, de schémas de couleurs, d'effets spéciaux, de parodies de programmes télévisés, de fragments de séquences publicitaires — le tout porté par une bande son erratique. Le style est saccadé et les personnages violents, donnant l'impression d'assister à un zapping permanent ou d'être sous l'influence de substances hallucinogènes. Mickey et Mallory Knox, sorte de Bonnie & Clyde déjantés, nous sont toujours montrés avec une certaine distance. Ensemble, ils font plus de cinquante victimes tout en laissant la vie à quelques personnes, témoins potentiels de leurs activités psychotiques. Car les jeunes mariés veulent que leur charnier soit un tremplin vers une reconnaissance nationale. Un statut qu'ils finissent par obtenir à l'aide du journaliste Wayne Gale.

Notre première rencontre avec Mickey et Mallory se passe lors du tournage d'un sitcom. Une bande son simulant des rires accompagne les acteurs et se fait de plus en plus présente à mesure que le père de Mallory fait des sous-entendus incestueux. Mickey, pour sa part, en garçon boucher ensanglanté, est en quelque sorte une version musclée du prince charmant des contes de fées. Le meurtre qu'il commet sur ses parents, largement applaudit, passe pour un acte héroïque. La deuxième moitié du film se concentre sur l'interview de Mickey réalisé par Wayne Gale (Robert Downey Jr.). C'est alors qu'on voit et qu'on entend l'assassin, tête rasée et regard menaçant, raconter avec beaucoup de séduction sa philosophie de vie et son absence de regrets. L'interviewer et les spectateurs sont littéralement hypnotisés par le discours du jeune homme, qui finit par provoquer un véritable soulèvement dans la prison où il se trouve. Gale perd bientôt la raison, face à un Tommy Lee Jones en directeur de prison d'une rare loufoquerie.

1 5 10

NORMAN BATES
ANTHONY PERKINS

Psychose (1960) – Alfred Hitchcock, *Psychose 2* (1983) – Richard Franklin, *Psychose 3* (1986) – Anthony Perkins, *Psycho* (1998) – Gus Van Sant

Le personnage de Norman Bates a été créé par l'écrivain Robert Bloch. Ce dernier s'est inspiré de Ed Gein, un assassin américain profanateur de sépultures traumatisé par la mort de sa mère. Suite à cette perte, il s'est confectionné un costume féminin afin de faire semblant d'être une femme. Dans *Psychose*, Norman, jaloux, tue sa mère et l'amant de celle-ci. Il conserve le cadavre maternel dans sa cave et développe une double personnalité, jouant à se glisser dans la peau de celle-ci pour se donner l'illusion qu'elle vit encore. Norman est le gérant d'un motel et vit dans cet horrible établissement où il se distrait en empaillant des oiseaux. Bien que très aimable à priori, il ne faut pas se fier aux apparences : il serait en effet prêt à tout pour défendre sa "mère".

!

La scène de la douche est mythique. Difficile de ne pas la mentionner lorsque l'on parle de *Psychose*. Mais ce qu'elle a de vraiment original en réalité, c'est que l'on ne voit absolument rien de ce qui se passe, si ce n'est l'empreinte laissée par le meurtrier sur la scène du crime (Janet Leigh meurt alors dès la première moitié du film). Bien qu'elle passe aujourd'hui encore pour être l'une des scènes les plus terrifiantes de l'histoire du cinéma, on ne voit de violence à aucun moment : pas de couteau planté, à peine l'ombre d'un assassin — grâce au montage infaillible d'Hitchcock. Le remake de Gus Van Sant, avec Vince Vaughn dans la peau du personnage principal, ne présente que peu d'intérêt ; il se contente de reprendre, image après image, le travail effectué par Hitchcock. Un effort inutile à double-titre, car Alfred demeure le seul Hitchcock et Perkins, le seul Norman Bates.

1 5 10

VINCE VAUGHN

" LE MEILLEUR AMI
D'UN GARÇON,
C'EST SA MAMAN."

PATRICK BATEMAN
CHRISTIAN BALE

American Psycho (2000) – Mary Harron

Personnage principal du roman de Bret Easton Ellis, Patrick Bateman est le stéréotype du "jeune loup". Au cœur d'une satire du matérialisme de la fin des années 80, c'est un jeune homme riche, superficiel, accro au sexe et à la drogue. Bien qu'il veille à soigner son apparence (en faisant de l'exercice physique et en soignant son corps), il se confond dans la masse de ses semblables — au point qu'on ne les distingue plus les uns des autres. Patrick ne ressent aucune émotion ; ses pulsions sexuelles sont très orientées. Derrière sa personnalité très travaillée se cache un redoutable tueur en série. Avec des pratiques atroces (à la tronçonneuse ou à la hache par exemple), il s'en prend à ses collègues, à des prostituées ou à des sans-abris. Ses motifs sont peu convaincants ; il tue celui qui a meilleur goût que lui, ou simplement parce que cela sied à ses fantasmes. Au final, on accuse son imagination de lui jouer des tours ; mais il reste quand même, selon ses propres termes, "un gars plutôt cinglé".

Étonnamment, ce ne sont pas les scènes d'horreur que l'on retient. En effet, la comédie humaine à l'œuvre est bien plus passionnante. La scène dans laquelle Patrick et ses collègues comparent leurs cartes de visite (absolument identiques), évoquant la texture du papier ou la qualité d'impression, est à la fois absurde et drôle. Bateman devient fou de jalousie à la vue d'une carte plus jolie que la sienne. Mais c'est une autre scène qui atteint le summum de la perversion quand, au cours d'une partie à trois avec deux prostituées, Patrick se montre très épris de lui-même, lançant un clin d'œil à la caméra et roulant des mécaniques. C'est aussi avec amusement que l'on découvre dans son congélateur, alors qu'il en sort une glace pour son assistante Jean (Chloé Sevigny), un sac contenant la tête d'un mannequin qu'il a un jour ramenée d'une fête.

1 5 10

TOM RIPLEY
MATT DAMON

Plein Soleil (1960) – René Clément,
L'Ami américain (1977) – Wim Wenders,
Le Talentueux Mr. Ripley (1999) – Anthony Minghella,
Ripley's Game (2002) – Liliana Cavani,
Mr. Ripley et les ombres (2003) – Roger Spottiswoode

Rôle repris par : Alain Delon, Dennis Hopper, John Malkovich, Barry Pepper

La force de l'adaptation filmée de *Ripliad*, de Patricia Highsmith, réside dans son casting. Alain Delon, avec sa beauté cruelle et ses yeux bleus glaçants, en était l'incarnation parfaite. Matt Damon, dont la beauté s'avère moins prononcée, a également interprété Ripley dans une version qui laisse une large place à la tendance homo-érotique de l'histoire. Ce dernier ne désire en fait qu'une seule chose : posséder la vie idéale de Dickie (Jude Law), comme s'il ne pouvait se sentir exister que dans la peau d'un autre. En réalité, Ripley est un monstre. Il entretient des amitiés bien réelles avec ses victimes avant de les assassiner sans éprouver le moindre remord. Si Wim Wenders a principalement exploité ce récit pour réaliser son propre film noir, Dennis Hopper réussit, d'après Highsmith, à réunir l'essentiel des traits de caractère du personnage. Quant à John Malkovich, son assurance, son machiavélisme et son humour noir ne laissent aucune place au doute : il est un Ripley-né.

Tom Ripley se démarque par son incroyable esprit de synthèse ; il pense vite et agit juste. La scène d'ouverture du *Talentueux Mr. Ripley* offre un bon exemple de la capacité d'improvisation du personnage. Pris dans un tourbillon d'événements inattendus, Ripley emprunte une veste de l'université de Princeton pour se fondre dans le décor et participer à l'action. Dans une autre séquence, il rencontre des gens qui les connaissent, Dickie et lui, mais parvient à se sortir de ce désagrément sans se trahir. Mais les improvisations les plus douloureuses auxquelles il doit faire face sont sans conteste celles où il tue les gens qu'il aime pour préserver son mensonge. On retient enfin la séquence où Ripley imite d'autres personnages et celle où il revêt les vêtements de Greenleaf — dans le film de Minghella comme dans *Plein Soleil*.

1 5 10

" J'AI TOUJOURS PENSÉ QU'IL VALAIT MIEUX ÊTRE UN FAUX QUELQU'UN QU'UN VRAI PERSONNE."

TRAVIS BICKLE
ROBERT DE NIRO

Taxi Driver (1976) – Martin Scorsese

Offrant une interprétation exceptionnelle, Robert De Niro incarne un vétéran du Vietman insomniaque travaillant comme chauffeur de taxi. Apparemment écœuré et sans but, Travis Bickle roule des nuits durant dans les quartiers malfamés de New York parcourus de maquereaux et de toxicomanes. Après avoir été éconduit lors d'un rendez-vous dans un cinéma porno, il se montre paranoïaque. Solitaire, il écrit dans son journal où, comme une bombe à retardement, ses idées prennent forme. C'est ainsi qu'il décide un jour d'appliquer sa propre justice et de nettoyer les rues. Il s'entraîne, achète des armes et rase ses cheveux pour ne garder qu'une crête. Puis, après avoir tenté d'abattre le candidat à la présidence, il provoque un bain de sang dans un bordel. Là, il assassine Sport (Harvey Keitel), le mac d'Iris, une prostituée d'une vingtaine d'années interprétée par Jodie Foster. Pourtant, il ne se demande pas une seconde si son geste va vraiment la sauver. Lorsqu'il s'éveille après une période de coma, on l'accueille en héros.

Travis est un être profondément solitaire. Son inhibition sociale est telle qu'elle l'empêche d'entrer en contact avec ses semblables — si tant est qu'il le souhaite. Dans la célèbre scène où il défie son reflet devant une glace avec un revolver maintenu à l'aine (une totale improvisation de De Niro soit dit en passant), sa solitude est bien rendue. De même lorsqu'il s'adresse à un chauffeur plus âgé (Peter Boyle) ; on a rarement vu un dialogue aussi peu loquace. Lors de la scène finale, Travis se voit aux côtés de Betsy dans le rétroviseur ; on se demande alors si ce qu'il aperçoit est la réalité. Mais au fond, la réponse à cette question importe peu, car le message est clairement évoqué : Travis sera toujours un étranger dans notre société. Décennie après décennie, ce rôle a érigé Robert De Niro au rang de antihéros culte, qui s'affiche aujourd'hui encore sur les murs des chambres de nombreux adolescents.

1 5 10

"C'EST À MOI QUE VOUS PARLEZ ? ET BIEN, JE SUIS LE SEUL ICI."

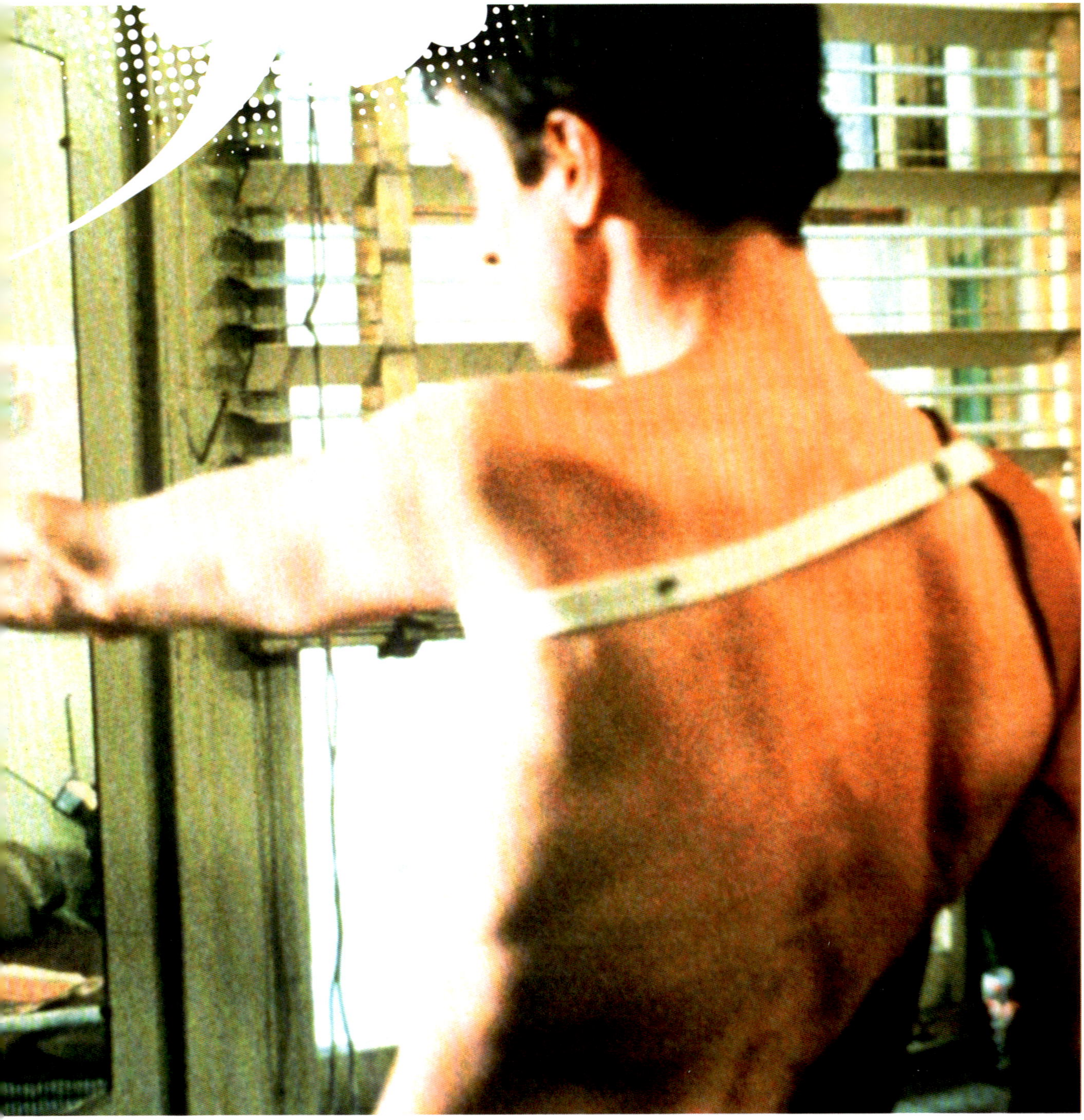

INDESTRUCTIBLES

Dans ce chapitre sont à l'honneur : les héros intrépides et virils, les durs à cuire, les chevaliers du grand écran, les grands machos et les petits coqs. Même s'ils sont la plupart du temps tourmentés par leur passé et en pleine introspection, ils restent néanmoins relativement simples à comprendre. Leurs pulsions brutes servent de masque à leurs sentiments. Certains d'entre eux sont des héros à leur insu, les autres ne demanderaient pas mieux que de l'être. Ils font le tour du monde en quête d'aventure ou en cavale ; combattent les dangers du quotidien ou leurs terribles ennemis ; rencontrent bien souvent en chemin une attrayante jeune femme — raison de plus pour batailler ! Tenez-vous prêts à vibrer pour eux...

INDESTRUCTIBLES

ETHAN EDWARDS
JOHN WAYNE

La Prisonnière du désert (1956) - John Ford

En 1868, l'ancien soldat Ethan Edwards regagne le ranch de son frère, au Texas. À le voir regarder en douce sa belle-sœur Martha, on comprend vite ce qui l'a convaincu de revenir plus tôt, une fois la guerre civile achevée : il est profondément amoureux d'elle. Lors d'une attaque comanche sur le ranch, cette dernière est violée et tuée ; le frère d'Ethan et son fils meurent également alors que ses deux filles, Debbie et Lucy, sont enlevées. Ethan et Martin (le fils adoptif des Edwards) partent à leur recherche et débutent une quête qui durera cinq ans. Mû par une profonde haine raciale, Ethan veut éliminer Debbie, devenue l'épouse du Comanche Scar... Et pourtant, c'est un personnage pour lequel on a une réelle sympathie. C'est là la force de ce superbe western.

Le film est introduit par la vision d'un paysage désolé, d'où Ethan émerge au loin sous le regard de Martha qui entrouvre la porte de la ferme (avec un beau contraste entre l'intérieur sombre et l'extérieur en technicolor). La scène finale en est l'exact contraire : Ethan ramène Debbie au ranch, la dépose à l'intérieur et regagne la prairie, seul. Puis la porte se referme. Entre ces deux moments, de nombreuses séquences à la John Wayne nous rapprochent de ce cow-boy bourru qui finit par nous séduire.

1 5 10

ETHAN HUNT
TOM CRUISE

Mission Impossible (1996) – Brian De Palma, *M:I-2* (2000) – John Woo, *M:I-3* (2006) – J.J. Abrams, *Mission : Impossible - Ghost Protocol* (2011) – Brad Bird

Basé sur le personnage de la série à succès, Ethan Hunt est un agent secret travaillant pour la IMF (*Impossible Mission Force*), une équipe d'espionnage indépendante du gouvernement américain. À ce titre, il doit faire face à de nombreuses missions à haut risque et exécuter d'impressionnantes cascades... qui ont participé à entretenir l'image héroïque de Tom Cruise. Bien qu'il fasse preuve d'un tempérament tranché, l'acteur est impeccable dans le rôle : en excellente forme physique, brutal, intrépide et bien décidé à remplir sa mission. Lors du premier épisode, sa réputation d'agent est entachée après qu'un piège lui ait été tendu. Unique survivant d'une mission avortée, il se retrouve naturellement au premier rang des suspects. À la manière d'un James Bond, il parcourt le globe en un clin d'œil, semble ignorer le besoin de repos et affiche en toute occasion un regard insoumis.

Le second opus de la série des *Mission impossible* aurait mieux fait de se détruire cinq secondes après son ouverture... comme les ordres de mission d'Ethan Hunt ; nous n'en dirons donc pas un mot. Une image a néanmoins marqué notre attention dans le premier épisode de la série, à savoir : le moment où Hunt, après s'être introduit par effraction dans le Pentagone, se retrouve suspendu par un câble au-dessus du clavier d'un ordinateur. En aucune manière il ne doit alors toucher le sol, ni la température de son corps s'élever, ou l'alarme du Pentagone le détecterait aussitôt. Le troisième opus offre lui aussi quelques belles scènes dans lesquelles Philip Seymour Hoffman, en super-méchant, parvient à effrayer Ethan ; on a rarement vu autant de haine dans les yeux de Cruise.

1 5 10

GENERAL MAXIMUS DECIMUS MERIDIUS

RUSSELL CROWE

Gladiator (2000) – Ridley Scott

Maximus Decimus Meridius est un commandant méritant, général fidèle à l'empereur Marcus Aurelius. Ce dernier, sur le point de mourir, souhaiterait lui transmettre une partie de ses pouvoirs, ce qui ne plaît guère à son fils Commodus (Joaquin Phoenix). En fuite après l'assassinat de sa famille et une tentative de meurtre ratée sur sa personne, Maximus atterrit chez un marchand d'esclaves spécialisé dans le commerce des gladiateurs. Le temps de la revanche a sonné. En mémoire de sa famille, il se met en tête de défier Commodus au milieu d'une arène, même s'il doit pour cela accepter de porter le statut d'esclave. Il devient ainsi un héros modeste et sobre mais aussi incroyablement impérieux. Épée à la main, il s'impose dans les arènes. La foule l'adule et l'acclame jusque sur le sable du Colisée. Il encaisse toutes les humiliations sans perdre son sang-froid, persuadé que son heure viendra, dans cette vie ou dans la suivante. Dans ce rôle de général déchu devenu le plus grand des gladiateurs, Russell Crowe s'en sort à merveille.

Le réalisateur Ridley Scott sait parfaitement filmer les scènes d'action et de combat. Pour preuve, la description visuelle du champ de bataille au début du film ainsi que le combat dans l'arène dans laquelle "l'Espagnol" doit affronter un groupe de tigres et un homme deux fois plus grand que lui. Mais les moments les plus extraordinaires sont évidemment ceux dans lesquels le noble et ardent Maximus défie son ennemi juré, Commodus. Après avoir remporté la sympathie du public, il doit notamment révéler son identité à la demande du nouvel empereur ; il se présente alors en ces termes : "Je suis Gladiateur". Le choc de l'empereur est immense lorsqu'il s'aperçoit que Maximus est encore en vie et qu'il ne peut le tuer sans provoquer un soulèvement de la foule.

1 5 10

INDIANA JONES
HARRISON FORD

Les Aventuriers de l'arche perdue (1981), *Indiana Jones et le temple maudit* (1984), *Indiana Jones et la dernière croisade* (1989), *Indiana Jones et le royaume du crâne de cristal* (2008) – Steven Spielberg

Henry Walton Jones Jr., dit Indiana Jones (du nom du chien du réalisateur George Lucas), est un archéologue aventurier et un véritable héros. Il possède un charme irrésistible, aime rire du danger et de ses ennemis, et plus encore de lui-même. Inspiré de Tintin, ce personnage allie humour, intelligence (il parle 27 langues) et modestie ; il dispose en outre de toute une panoplie d'accessoires qui forgent son identité (notamment son chapeau, son fouet et sa veste en cuir). Les scènes d'action sont à la fois palpitantes et amusantes. Indiana Jones doit affronter toutes sortes d'adversaires, qui vont de serpents venimeux à des officiers nazis. Épique et enlevée, la bande son du film ("*The Raiders' March*", de John Williams) est elle aussi devenue une référence dans l'univers du septième art.

Indiana Jones a le chic pour se mettre régulièrement dans le pétrin. Mais ses nombreuses évasions sont aussi légendaires que sa maladresse ou sa malchance. Sur son passage, les murs ont tendance à s'effondrer, les pierres à rouler, les bêtes à se multiplier et les pièges à fleurir (à l'instar de la célèbre scène d'ouverture des *Aventuriers de l'arche perdue* qui se déroule dans un temple aztèque). Les rebondissements sont la marque de fabrique de cette série, qui prend un malin plaisir à nous révéler subitement que les prétendus amis du héros sont en fait ses pires ennemis ! Dans le quatrième épisode de la saga, Indiana Jones est âgé de soixante-cinq ans, et il lui arrive d'être un peu moins habile. Une nouvelle occasion pour Harrison Ford de faire preuve d'autodérision et de faire passer l'idée, par son jeu, qu'en vingt ans les choses ont bien changé...

1 5 10

JAMES BOND
SEAN CONNERY

ROGER MOORE

TIMOTHY DALTON

James Bond 007 contre Dr. No (1963), *Bons baisers de Russie* (1963), *Opération Tonnerre* – Terence Young,
Goldfinger (1964), *Les diamants sont éternels* (1965),
Vivre et laisser mourir (1973), *L'homme au pistolet d'or* (1973) – Guy Hamilton,
On ne vit que deux fois (1967), *L'espion qui m'aimait* (1977), *Moonraker* (1979) – Lewis Gilbert,
Au service secret de Sa Majesté (1969) – Peter Hunt,
Rien que pour vos yeux (1981), *Octopussy* (1983),
Dangereusement vôtre (1985) – John Glen,
GoldenEye (1995), *Casino Royale* (2006) – Martin Campbell,
Demain ne meurt jamais (1997) – Roger Spottiswoode,
Le monde ne suffit pas (1999) – Michael Apted,
Meurs un autre jour (2002) – Lee Tamahori,
Quantum of Solace (2008) – Marc Forster

Sean Connery demeure de loin le plus populaire d'entre tous les agents 007 (ultérieurement, l'auteur Ian Fleming a même donné à son personnage des origines écossaises en hommage à l'acteur). Néanmoins, tous ses interprètes ont contribué à sa notoriété. L'espion britannique détenteur d'un "permis de tuer" a eu plusieurs visages : plus comique sous les traits de Roger Moore, plus sérieux avec Timothy Dalton, charmeur avec Pierce Brosnan et davantage physique avec Daniel Craig. Les gadgets (conçus par Q) sont parties prenantes de la fiction et évoluent au fil des décennies ; mais ils ne seraient rien sans le courage et l'efficacité de Bond. On connaît peu de détails sur sa vie personnelle — on le sait solitaire, adepte des endroits chics, des voitures puissantes et des jolies filles — mais là n'est pas l'essentiel. Bien que relativement sexistes et politiquement incorrects, les *James Bond* promettent un divertissement de qualité.

Les femmes sont la grande faiblesse de l'agent 007. Dans la série, elles sont affublées de noms suggestifs qui évoquent des parties du corps humain ou des pratiques sexuelles. S'il passe son temps à séduire de jeunes et sublimes créatures, ses amourettes lui sont souvent fatales. Et même lorsque l'une d'elle projette de le tuer, il n'hésite pas à l'attirer dans son lit. James Bond incarne l'étalon que chaque homme voudrait être ; un gentleman qui, avec un flegme typiquement britannique, ne peut résister à l'envie de placer un bon mot ou de séduire, et qui sait toujours se sortir avec panache d'une situation délicate. Sa méthode de prédilection ? Siroter un martini avant d'utiliser l'un de ses nombreux gadgets pour sauver de justesse une jeune femme en détresse.

1 5 10

JAMES BOND

GEORGE LAZENBY

PIERCE BROSNAN

DANIEL CRAIG

JASON BOURNE
MATT DAMON

La Mémoire dans la peau (2002) – Doug Liman
La Mort dans la peau (2004), *La Vengeance dans la peau* (2007) – Paul Greengrass

Jason Bourne est inspiré du personnage éponyme des livres de Robert Ludlum. Contrairement à la série de 1988, les livres n'ont pas été retranscrits à la lettre dans les adaptations récentes. Bourne est repêché en mer avec deux balles dans le dos et un numéro de compte tatoué sur la hanche. En outre, il souffre d'une perte totale de mémoire qui l'empêche de se souvenir qu'il parle plusieurs langues et dispose d'aptitudes remarquables, notamment dans l'art du combat. Il découvre peu à peu qu'il a été tueur à gages dans le cadre du département des activités spéciales de la CIA. Et lorsqu'il essaie de prendre ses distances par rapport à son ancienne vie, il est pris en chasse par ses anciens employeurs. Les trois épisodes relatent cette quête personnelle et le harcèlement que subit Jason Bourne. Il apparaît finalement comme une sorte de James Bond à la dérive, privé de ses meilleurs gadgets.

Dans *La Mémoire dans la peau*, Jason ressemble à un super-héros car il découvre malgré lui qu'il dispose de pouvoirs spéciaux. Les scènes dans lesquelles il se défend en mode "pilote automatique" sont fascinantes et surprenantes, tout d'abord pour le personnage lui-même, mais également pour le spectateur. Les meilleures séquences sont tirées du dernier film. Bourne commence en effet à se sentir plus à son aise dans les scènes de combats et quelques bons dialogues parcourent le film. La fin de la trilogie laisse suffisamment d'inconnues pour que l'on puisse croire que la saga n'est pas finie. Bourne se fait tirer dessus et tombe du sommet d'un immeuble dans un bassin. Son corps n'est pas retrouvé...

JOHN RAMBO
SYLVESTER STALLONE

First Blood (1982) – Ted Kotcheff, *Rambo II : La mission* (1985) – George P. Cosmatos, *Rambo III* (1988) – Peter MacDonald, *John Rambo* (2008) – Sylvester Stallone

John Rambo est un vétéran du Vietnam taciturne, entraîné à mener des opérations spéciales de guérilla. Il présente un syndrome de stress post-traumatique ainsi qu'un grand nombre de cicatrices sur son corps musclé. Si le héros du roman *First Blood*, de David Morrell, meurt à la fin du récit, le Rambo incarné par Sylvester Stallone à l'écran survit quant à lui à quatre épisodes. Rambo n'est pas mû par un esprit de revanche mais par un solide instinct de survie et l'amour de sa patrie. Il se bat uniquement sur provocation et pour sauver sa peau, celles de prisonniers de guerre ou d'un ami. Ses armes de prédilection sont le couteau, les flèches explosives et, à l'occasion, la mitrailleuse. Son signe distinctif : il est toujours recouvert de sang. Même si *First Blood* est assez peu crédible, on y adhère. Ce qui n'est plus le cas au fil des épisodes : les muscles de Sylvester Stallone ne cessent d'enfler et Rambo devient une parodie de lui-même. Quoi qu'il en soit, il conserve une place de choix dans le cœur des amateurs de films d'action.

Soyons honnêtes : pour les séquences mémorables, mieux vaut se focaliser sur le premier épisode. Les films suivants tombent malheureusement dans l'exhibition narcissique des muscles de Stallone. *First Blood* nous offre au contraire quelques morceaux de choix, à l'instar du discours de fin où Rambo tombe en larmes dans les bras de son ancien colonel après avoir avoué être encore hanté par la guerre du Vietnam. Certes, on est davantage ému par une certaine nostalgie que pour le fond du message. Rambo suscite également notre compassion lorsqu'il se retrouve acculé devant une profonde crevasse, entouré d'une meute de chiens hurlants et d'un policier fou de haine qui le harcèle depuis un hélicoptère...

1 5 10

JUDAH BEN-HUR
CHARLTON HESTON

" JE PRÉFÈRERAIS ÊTRE UN IDIOT QU'UN TRAÎTRE OU UN ASSASSIN."

Ben-Hur (1925) - Fred Niblo
Ben-Hur (1959) - William Wyler

Premier interprète : Ramon Novarro

Dans la dernière adaptation cinématographique du roman *Ben-Hur*, de Lew Wallace (1880), Charlton Heston incarne le riche prince juif, Judah Ben-Hur. À la suite d'une confrontation avec son ami d'enfance (Messala, un tribun romain), Judah est condamné aux galères tandis que sa mère et sa sœur sont enfermées. Grâce à son courage et à sa force, et après de nombreuses pérégrinations, Ben-Hur est adopté par un consul romain. Le prologue du film raconte la naissance de Jésus, et l'histoire du Christ s'entremêle à celle de *Ben-Hur* d'une manière sèche et peu glorifiée. Au terme du récit (après la crucifixion), tous les personnages principaux sont miraculeusement guéris de la lèpre. Bien que certains aient pu déplorer que le film soit trop long (3H30), Ben-Hur demeure une ode à la justice et à l'humilité. L'imposante stature de Charlton Heston, son regard d'acier et son jeu d'acteur solennel, apportent au personnage de Judah force, fierté et autorité.

Ben-Hur est surtout connu pour le nombre record d'Oscars qu'il a reçus (onze) et pour ses scènes d'action étourdissantes. La course de chars contre Messala en est incontestablement le point culminant et, encore aujourd'hui, elle demeure l'une des séquences les plus spectaculaires jamais tournées. L'ami d'enfance de Judah conduit un char grec équipé de lames pour éliminer ses adversaires, mais il meurt écrasé par son propre équipage et laisse la victoire à Ben-Hur. Autre séquence marquante : celle où Messala, juste avant de mourir, déclare à Ben-Hur dans un dernier rire sarcastique que sa mère et sa sœur sont lépreuses et qu'elles ont été bannies. Le héros devra aller jusqu'à voir Jésus mourir sur la croix pour se délivrer de ses velléités de vengeance.

1 5 10

PETE "MAVERICK" MITCHELL
TOM CRUISE

Top Gun (1986) - Tony Scott

Bien que Tarantino ait affirmé que *Top Gun* est un hymne à l'homosexualité cachée, de nombreuses adolescentes sont tombées amoureuses de Tom Cruise dans ce film. Maverick, pilote de chasse, remplit tous les critères du héros hollywoodien : narcissique, rebelle, il étudie l'art du combat aérien à Top Gun, une école qui réunit les meilleurs pilotes de chasse des États-Unis. La recette du succès tient à quelques ingrédients bien dosés : le jeune Maverick est téméraire, sensible, marqué par l'absence de son père ; il accepte mal la rivalité avec les autres pilotes et se sent responsable de la mort de son meilleur ami. Pour en arriver où ? Maverick va s'imposer face aux Russes ! Ainsi, et malgré ses multiples clichés, *Top Gun* est culte et irrésistible. Cruise incarne à merveille son personnage et les scènes aériennes sont d'un grand réalisme. Que demander de plus ?

Dans *Top Gun*, les scènes cultes sont légions. On retient notamment la séquence où "Goose", le copilote de Maverick, prend en photo un MIG ennemi pendant que leur avion passe en dessus en vol inversé. Les rapports houleux entre Maverick et son rival, Iceman (Val Kilmer), ont fait couler beaucoup d'encre... Doit-on voir dans les accrochages de vestiaire qui les opposent une profonde antipathie ou un désir masqué ?

1 5 10

" JE RESSENS LE BESOIN... LE BESOIN DE VITESSE."

ROCKY BALBOA
SYLVESTER STALLONE

Rocky (1976), *Rocky V* (1990) - John G. Avildsen
Rocky II (1979), *Rocky III, l'oeil du tigre* (1982), *Rocky IV* (1985), *Rocky Balboa* (2006) - Sylvester Stallone

D'après un scénario de Sylvester Stallone lui-même, *Rocky* a reçu l'Oscar du meilleur film en 1976. Son héros est un boxeur gaucher, surnommé "l'étalon italien", qui conquiert les cœurs dans le monde entier. Légèrement simplet et grossier de prime abord, ce personnage est en réalité une perle de naïveté, d'optimisme et de légèreté, malgré les moments difficiles qu'il a traversés dans sa vie. On est évidemment ému par son marmonnement sourd, sa passion pour le ring et l'amour sincère qu'il porte à la timide Adrian (Talia Shire). Rocky n'abandonne jamais, c'est un battant ; et c'est un peu ce même trait de caractère qui a permis à Stallone de voir son film produit. La série des *Rocky* repose sur une formule qui marche et un récit qui varie peu d'un épisode à l'autre. L'épisode de 2006 a clôt en beauté une aventure qui avait débuté plus de trente ans auparavant.

Le réalisme des matchs de boxe est époustouflant et les adversaires de Rocky restent gravés dans les mémoires (Carl Weathers, Mr. T et Dolph Lundgren notamment). La série connaît de très belles séquences-émotions, comme celle où Rocky, enfant, saute les mains en l'air dans les escaliers sur la chanson de Bill Conti. La passion naissante entre Adrian et Rocky est également très agréable à suivre. *Rocky Balboa*, sorti en 2006, poursuit ce qu'avaient esquis-sé les 2 premiers épisodes (de loin les meilleurs) et achève ainsi avec élégance l'histoire de ce héros populaire.

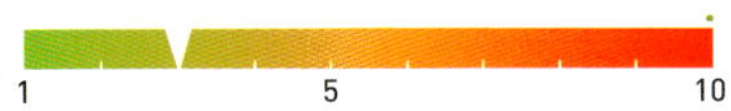

SHANE
ALAN LADD

L'homme des vallées perdues (1953) – George Stevens

Inspiré du roman de Jack Schaefer, *L'Homme des vallées perdues* (1949) se déroule dans une petite vallée du Wyoming. Assistant à un conflit opposant le fermier Joe Starrett (Van Heflin) et un riche éleveur de bétail, un mystérieux inconnu intervient. On ne sait que très peu de choses à son sujet. Son nom est Shane. Il s'agit en fait d'un virtuose de la gâchette qui souhaite désormais passer à autre chose — il envie le calme casanier qu'il observe chez Joe. Il paraît toujours un peu efféminé au regard des autres hommes qui jalonnent le film, beaucoup plus brutaux. Il peut sembler faible, mais c'est une apparence trompeuse. Shane se sent attiré par la femme de Joe, Marian (Jean Arthur), et sa passion est réciproque. Mais les deux protagonistes refoulent leurs sentiments par respect et par amour pour Joe. Quant au petit Joey (Brandon De Wilde), le fils de Joe, il ne peut s'empêcher de porter un regard plein d'enthousiasme sur cette nouvelle figure paternelle qui s'offre à lui.

Le premier signe d'affection entre Shane et Joe est simple et beau : l'étranger aide le fermier à abattre un arbre. Le film s'achève sur une confrontation mémorable, provoquée par le tueur à gages Wilson. Ce dernier (Jack Palance) invite l'un des fermiers à se lancer dans un duel mortel contre lui. Starrett se sent moralement obligé de tuer Wilson ainsi que son commanditaire, mais il en est empêché par Shane qui effectue cette sale besogne à sa place. À l'instar de cette apothéose, tous les affrontements du film sont saisissants. Sous le regard innocent et fasciné de Joey, la tension monte tout doucement. Quand Shane finit par prendre congé du petit garçon en s'éloignant sur son cheval, Joey le supplie de revenir. Notre héros solitaire, quant à lui, reprend la route sans savoir quelle sera sa destination — tel un "*poor lonesome cowboy*".

1 5 10

" IL N'Y A PAS DE VIE AVEC UN MEURTRE."

SPARTACUS
KIRK DOUGLAS

" LA MORT EST LA SEULE LIBERTÉ QUE CONNAISSE L'ESCLAVE."

Spartacus (1960) – Stanley Kubrick

Kirk Douglas a été initié par Spartacus. Après s'être fait doubler par Charlton Heston pour l'interprétation du mythique Ben-Hur, il décide de mener lui-même un autre projet basé sur des faits réels en s'inspirant du roman de Howard Fast, qui relate la vie de Spartacus, l'esclave devenu gladiateur. Celui-ci, dominé lors d'un combat, doit la vie sauve à son opposant qui refuse de le tuer. Ce dernier paie cher sa loyauté puisqu'il est ensuite assassiné par Crassus, organisateur du combat. Révolté, Spartacus invite tous les gladiateurs à se soulever contre l'autorité et déclenche une révolte. Dans sa quête de justice, il rencontre l'opposition de personnages secondaires savoureux interprétés par Laurence Olivier, Charles Laughton et Peter Ustinov. Avec sa peau bronzée, ses cheveux en brosse et sa petite jupette, Kirk Douglas est l'archétype du héros primitif : taciturne, sensible et fort. Sa mort, qui clôture le film, l'érige au rang de martyr.

De nombreuses scènes de ce film sont caricaturales, à l'image du combat forcé entre Spartacus et Antoninus (Tony Curtis). Ou bien lorsque les romains promettent aux esclaves rebelles de leur laisser la vie sauve s'ils livrent Spartacus, et qu'ils refusent de le dénoncer, déclarant tour à tour "Je suis Spartacus". La fin du film est exceptionnelle. D'une part, peu de protagonistes sont épargnés ; d'autre part, le réalisateur assume une chute peu conventionnelle pour l'époque : le héros n'obtient pas la victoire qu'il mérite. En effet, alors qu'il est presque parvenu à bout du système, l'esclave est battu et crucifié avec ses complices. Alors qu'il est en train de mourir, sa femme Varinia (Jean Simmons) lui montre son fils, enfant né libre, et le supplie de mourir vite.

1 5 10

TARZAN
JOHNNY WEISSMULLER

MILES O'KEEFFE

CHRISTOPHE LAMBERT

Tarzan of the Apes (1918) – Scott Sidney,
Tarzan, l'homme singe (1932) – W.S. Van Dyke,
Les nouvelles aventures de Tarzan (1935) – Edward A. Kull,
Tarzan et la fontaine magique (1949) – Lee Sholem,
Tarzan chez les Soukoulous (1955) – Harold D. Schuster,
Tarzan, l'homme singe (1981) – John Derek,
Greystoke, la légende de Tarzan (1984) – Hugh Hudson,
Tarzan et la cité perdue (1998) – Carl Schenkel,
Tarzan (1999) – Chris Buck, Kevin Lima

Rôle repris par : Elmo Lincoln , Bruce Bennett, Lex Barker, Gordon Scott, Casper Van Dien, Tony Goldwyn

Né sous la plume d'Edgar Rice Burroughs, Tarzan apparaît pour la première fois en 1912 et affiche une longévité rare dans l'histoire du cinéma. Fils de naufragés, Lord et Lady Greystoke, il se fait adopter par une femelle singe, Kala. Plus tard, Il deviendra même roi des singes après avoir tué un homme lors d'un combat. Pourtant, il ne sera jamais l'un des leurs, pas plus qu'il n'appartiendra à la communauté des hommes. Ce récit a suscité un nombre incroyable d'adaptations ; et toujours, au centre de l'histoire, le personnage de Jane demeure incontournable, qu'elle reste avec Tarzan et Cheetah dans la jungle ou qu'elle les emmène en Angleterre. Certaines versions ont fait de Tarzan un homme sauvage et rustre, tout juste bon à enlever une jeune femme ; mais des visions plus romantiques ont fait de lui un héros intelligent et capable, qui s'accoutume rapidement aux us et coutumes de la civilisation.

Entre 1932 et 1948, le champion olympique de natation Johnny Weissmuller a prêté son image à Tarzan dans une douzaine de longs-métrages. Son cri ("Oooaahijohijoooah"), inoubliable, a été repris plus tard par les acteurs qui lui ont succédé. Certaines adaptations de cinéma muet sont réussies et on se souvient également de la version de 1981 dans laquelle apparaît la divine Bo Derek. Plus récemment, l'acteur Christophe Lambert a offert une interprétation riche du personnage (qui parvient à imiter les animaux et les hommes) et Walt Disney en a imaginé une adaptation colorée très esthétique. Les fans n'ont ainsi que l'embarras du choix pour se replonger dans l'univers sauvage du héros de la jungle.

WILLIAM WALLACE
MEL GIBSON

Braveheart (1995) – Mel Gibson

William Wallace était un chevalier écossais du XIIIe siècle, grand propriétaire terrien, qui avait pris la tête d'une importante révolte contre la domination anglaise du roi Edward. Aujourd'hui encore, c'est un vrai héros national en Écosse. Bien qu'en dehors de la légende on ne sache que peu de choses de ce combattant, Mel Gibson est parvenu à faire un film très discuté à son propos. Il serait notamment homophobe, xénophobe et surtout, historiquement incorrect. *Braveheart* a pourtant été couronné par cinq oscars ; preuve que la vérité est de moindre importance dans ce film d'action au regard de sa puissance épique. D'un réalisme bluffant, le film nous livre un héros d'envergure ; un combattant intrépide, intelligent, drôle et romantique.

Sur le champ de bataille légendaire de Stirling, les Écossais ont vaincu les Anglais, pourtant beaucoup plus nombreux. La bataille débuta à l'origine sur un pont, ce qui permit aux Écossais de prendre l'avantage ; un "détail" qui n'apparaît pas dans le film. Telle que relatée par Gibson, la victoire écossaise semble encore plus héroïque que dans la réalité. Lorsque Wallace prononce un discours pour motiver ses troupes effrayées par la supériorité numérique britannique, il leur déclare qu'ils n'échapperont de toutes façons pas à la mort, et que leurs vies auraient davantage de sens si elles devaient s'achever en ce lieu. Il les stimule, les galvanise et remet la victoire entre leurs mains. Le film se conclut sur la capture de Wallace et sa condamnation à mort par les Britanniques. Il est torturé et ses camarades le poussent à demander grâce. Mais à l'aide de ses toutes dernières forces, il pousse un cri retentissant dédié à la liberté ("*Freedom*"). En vérifiable héros, il meurt pour son idéal.

1 5 10

" ILS PEUVENT NOUS PRENDRE
LA VIE, MAIS ILS NE NOUS
ÔTERONT JAMAIS
NOTRE LIBERTÉ ! "

PERSONNAGES REELS

Les personnages réels et les faits historiques offrent une source d'inspiration inépuisable aux scénaristes. Qu'il s'agisse de destins extraordinaires ou tragiques, de grandes figures de l'histoire ou de simples faits divers marquants, beaucoup d'histoires vraies sont portées sur grand écran. Le succès est souvent au rendez-vous, car les héros ordinaires nous parlent de notre quotidien et nous transportent par leur courage, leur détermination et leur destinée souvent extraordinaires. Les figures historiques sont quant à elles souvent prétextes à romancer des pages plus ou moins sombres de l'histoire, et à forcer le trait entre le bien et le mal, les bons et les méchants. Ce chapitre ouvre donc ses pages à quelques personnages réels (ou presque réels) qui ont marqué le septième art, qu'ils soient de véritables héros ou des bourreaux de l'histoire.

PERSONNAGES REELS

AMON GOETH
RALPH FIENNES

« NOUS AVONS CE PUTAIN DE POUVOIR DE TUER, C'EST POURQUOI ILS NOUS CRAIGNENT. »

La Liste de Schindler (1993) – Steven Spielberg

Difficile de faire plus dérangeant qu'Amon Goeth. Certes, un officier nazi n'incarne pas l'archétype du type sympathique ; mais celui-ci bat tous les records. Du balcon de sa villa située en bordure du camp de concentration qu'il dirige, il prend plaisir au petit déjeuner à tuer froidement quelques déportés, armé de son fusil à lunette. Historiquement, Goeth était le commandant du camp de Plaszów, en Pologne, à la fin de la Seconde Guerre mondiale. Interprété avec brio par Ralph Fiennes, ce criminel de guerre cherche sans cesse à repousser ses propres limites. Sa position lui donne le droit de vie ou de mort sur des milliers de prisonniers juifs placés sous sa tutelle. Contrairement à d'autres portraits de Nazis, Goeth est un personnage complexe et réaliste ; il ne se contente pas d'être une marionnette entre les mains du régime.

Goeth est un individu cruel qui ne sait pas toujours comment gérer le pouvoir qu'il détient. Après que Schindler lui ait expliqué que le vrai pouvoir réside avant tout dans notre capacité à pardonner, il laisse partir un jeune garçon qui ne parvient pas à récurer correctement une baignoire sale. Mais sa clémence ne sera que de courte durée ; un instant plus tard, il se ravise et abat l'enfant à distance. Par certains aspects, Amon Goeth reste pourtant humain. Déchiré par des sentiments contradictoires, il laisse sa fragilité et ses doutes transparaître. Fou de désir pour une gouvernante juive, il doit faire face à la barrière que lui impose la loi raciale ; et s'il se méfie de Schindler, il a néanmoins pour lui une grande admiration.

1 5 10

ATTICUS FINCH
GREGORY PECK

Du silence et des ombres (1962) – Robert Mulligan

Atticus Finch n'est pas seulement l'homme le plus engagé de son village ; il est sans doute le personnage le plus noble de toute l'histoire du cinéma. Cet avocat veuf à l'éthique inébranlable est inspiré du roman *Ne tirez pas sur l'oiseau moqueur*, de Harper Lee. Celui-ci se déroule dans une ville du sud des États-Unis dans les années 30. Tout est filtré à travers le regard des enfants de Finch, Jem et Scout, qui nous dévoilent peu à peu la personnalité de leur père. En défenseur des idéaux de tolérance et d'intégrité, Finch assure la défense de Tom Robinson, un homme noir injustement condamné pour le viol d'une fillette blanche. Si l'innocence de Tom est effectivement prouvée, le jury préfère néanmoins accorder sa confiance à un blanc ; la vérité ne triomphe pas au terme de ce film bouleversant.

Une longue scène centrale occupe une grande partie du film. Elle se déroule au tribunal, où Atticus Finch plaide. L'avocat est magnifiquement interprété par Gregory Peck. Tous ceux qui assistent au procès sont conscients de l'injustice du verdict qui se prépare et battent en retraite. À la fin du procès, les spectateurs noirs qui se tiennent à l'étage se lèvent en silence pour rendre hommage à Atticus. Ce moment passe quasiment inaperçu car l'avocat lui-même ne le perçoit pas. Dans une autre très belle scène, Atticus s'assoit devant la cellule de Tom afin de le protéger d'une foule qui cherche à le lyncher. Un jour, en en appelant à l'innocence de ses enfants, l'avocat parvient à faire basculer l'avis du jury… provisoirement seulement.

1 5 10

« VOUS NE COMPRENEZ JAMAIS RÉELLEMENT UNE PERSONNE JUSQU'À CE QUE VOUS CONSIDÉRIEZ LES CHOSES DE SON POINT DE VUE, JUSQU'À CE QUE VOUS VOUS GLISSIEZ DANS SA PEAU ET QUE VOUS VIVIEZ AVEC. »

CLEOPATRE

Cleopatra (1917) – J. Gordon Edwards
Cléopâtre (1934) – Cecil B. DeMille
César et Cléopâtre (1945) – Gabriel Pascal
Deux nuits avec Cléopâtre (1953) – Mario Mattoli
Cléopâtre (1963) – Joseph L. Mankiewicz
Astérix & Obélix : Mission Cléopâtre (2002) – Alain Chabat

Rôle repris par : Claudette Colbert, Vivien Leigh, Sophia Loren

Cléopâtre fut la dernière reine d'Égypte. Elle a été liée aux hommes les plus puissants de son époque, tels que Jules César et Marc Antoine avec lesquels elle a eu des enfants. La légende raconte qu'elle se serait suicidée après la mort d'Antoine en s'infligeant la morsure d'une vipère (qu'on ne trouve pas en Égypte, soit dit en passant). Figure populaire de l'art et de la littérature, elle s'est ensuite imposée au cinéma. Généralement dépeinte comme une apparition sublime, son charme irrésistible et son nez pointu l'ont inscrite dans l'histoire comme une femme de caractère. La vamp Theda Bara, icône du cinéma muet, l'a incarnée à la perfection. Sous les traits de Claudette Colbert, on l'a ensuite découverte provocante. Mais la version la plus connue met en scène la sublime Elizabeth Taylor et insiste sur la part tragique de son histoire. Deux autres actrices majeures ont interprété Cléopâtre : Sophia Loren, qui en a fait une déesse du sex-appeal et Monica Bellucci, qui en a proposé une parodie plaisante.

Lorsqu'Elizabeth Taylor entre dans Rome, triomphante et habillée d'une parure de plumes, elle s'assied sur son gigantesque trône en forme de sphinx. Tirée par des dizaines d'esclaves, elle est précédée d'une foule hétéroclite constituée de chars, de danseurs et d'oiseaux. À Rome, personne n'avait encore orchestré un tel événement. Cette scène mythique est délicieusement parodiée dans *Astérix*, dans lequel Monica Bellucci incarne une reine d'Égypte entêtée à souhait. Le suicide de Cléopâtre n'a jamais été mieux mis en scène que par Cecil B. DeMille, dirigeant Claudette Colbert. Assise sur son trône et entourée de servantes — juste avant que les Romains ne prennent son palais d'assaut — elle laisse un serpent lui mordre le sein dans une parfaite immobilité. Sans oublier, bien sûr, la séquence où Colbert est plongée dans un bain de lait d'ânesse, qui précède un plan suggestif dans lequel sont exposés deux petits chatons jouant ensemble.

THEDA BARA

MONICA BELLUCCI

ELIZABETH TAYLOR

" MES SEINS SONT PLEINS D'AMOUR ET DE VIE."

DANIEL PLAINVIEW

DANIEL DAY-LEWIS

There will be blood (2007) – Paul Thomas Anderson

Daniel Plainview est un ancien mineur devenu magnat du pétrole dans la Californie de la fin du XIXe siècle. Il a adopté le fils de l'un de ses collaborateurs décédé lors d'un accident du travail. Mais c'est avant tout un homme ambitieux prêt à sacrifier son humanité pour l'argent et le pouvoir. Le personnage est servi par une interprétation géniale de l'acteur Daniel Day-Lewis. La relation qu'il développe avec le révérend Eli Sunday (Paul Dano) est tendue — au point de friser parfois le ridicule. Égoïste et possessif, Plainview n'a qu'un seul but dans la vie : augmenter la productivité de son derrick et accroître sa fortune. Ses proches sont les principales victimes de son irrésistible détermination. Il finit par conséquent riche, seul et alcoolique.

Daniel Day-Lewis est considéré comme l'un des acteurs de cinéma les plus sélectifs du moment. Connu pour son respect de la "Méthode" promue par l'Actors Studio, ses interprétations sont le plus souvent émouvantes et exceptionnelles. Dans la peau de Daniel Plainview, il se surpasse et offre quelques scènes d'une rare puissance. La séquence où il accepte de se rendre à l'église pour se faire baptiser, dans le seul but d'obtenir un champ de pétrole, laisse pantois. Tout comme la scène finale où Plainview, totalement aliéné, explique avec ironie au révérend Sunday qu'il a puisé tout le pétrole de ce pays : "Je bois votre milkshake". Sur quoi, il achève l'homme d'église avec une quille de bowling.

1 5 10

ERIN BROCKOVICH
JULIA ROBERTS

Erin Brockovich, seule contre tous (2000) – Steven Soderbergh

Basé sur la vie d'Erin Brockovich, le film de Steven Soderbergh raconte l'histoire d'une mère célibataire de trois enfants et ancienne Miss Wichita, engagée comme assistante dans un bureau d'avocats. Celle-ci découvre bientôt une sombre affaire d'eau contaminée, étouffée par les entreprises Pacific Gas et Electric Company. Ces dernières sont émettrices de déchets toxiques qui, de manière clairement établie, ont infecté l'eau courante d'un village et occasionné chez ses habitants toutes sortes de maladies. Soucieuse de révéler la vérité afin de dédommager les victimes, la jeune femme mène sa propre enquête et finit par contraindre les responsables de verser la somme de 333 millions de dollars à partager entre les 634 plaignants. À la fois dure et vulnérable, Julia Roberts offre une composition parfaitement adaptée au personnage d'Erin. Sous ses traits, elle devient une héroïne du grand écran, drôle, attachante et réaliste.

Prompte à débiter grossièreté sur grossièreté, Erin Brockovich est au mieux de sa forme lorsqu'elle se met en colère et balance des plaisanteries dévastatrices ("J'ai juste été là-bas et accordé des faveurs sexuelles. 634 fellations en cinq jours... Je suis vraiment épuisée."). Sûre d'elle et peu influençable, elle n'hésite pas à répondre du tac au tac aux avocats de la partie adverse ou aux juristes sceptiques de son propre camp. Bien que la véritable Erin prétende ne jamais avoir mis ses charmes au service de son investigation, Julia Roberts n'hésite pas à utiliser ses formes généreuses pour obtenir des informations. La véritable Erin a d'ailleurs endossé dans le film un petit rôle de serveuse, portant le nom de Julia...

1 5 10

HENRY "LOU" GEHRIG
GARY COOPER

Vainqueur du destin (1942) – Sam Wood

Les gens discrets qui travaillent dur sont les véritables héros de l'Amérique. À l'image du lanceur gaucher des Yankees, Lou Gehrig, qui mourut à trente-sept ans d'une maladie neurologique. Ce biopic, réalisé un an seulement après la mort du sportif, a rassemblé plusieurs membres de son équipe, dont le légendaire Babe Ruth. L'histoire se focalise moins sur les performances de Henry Gehrig (célèbre pour avoir participé à 2 130 matchs consécutifs) que sur ses relations avec son entourage — sa mère, l'un de ses amis journaliste sportif et son épouse. Si l'on a reproché à Gary Cooper d'être trop vieux pour se glisser dans la peau du joueur durant ses jeunes années, il l'interprète néanmoins de façon juste et sans prétention, à la fois maladroit et courageux, séduisant et timide. Le film présente une succession de moments heureux vécus par Gehrig, mais l'on ne saurait s'en lasser au regard du destin tragique qui en est l'issue.

Le film rejoue le célèbre et émouvant discours d'adieu que Gehrig a prononcé au Yankee Stadium. Modestes et optimistes, envers et contre tout, ses mots demeurent un témoignage marquant de son tempérament calme et réfléchi. Ce film offre un moment chargé d'émotion, y compris à ceux qui ne se sont jamais intéressés au base-ball. Imaginez donc les larmes versées par les millions de fans qui, un an après le décès de leur héros, ont vécu de nouveau cette scène. Le courage et la droiture de Gehrig sont merveilleusement illustrés dans une séquence où le joueur promet à Billy, un petit garçon malade, de réaliser deux *home runs* (terme de base-ball que l'on peut traduire par "coups de circuit") lors du championnat des *World Series*. Un engagement délicat mais qu'il finit par réaliser.

1 5 10

"AUJOURD'HUI, JE ME CONSIDÈRE COMME L'HOMME LE PLUS HEUREUX DE LA TERRE."

JEFFERSON SMITH
JAMES STEWART

Mr. Smith au sénat (1939) – Frank Capra

Ce film controversé de Capra a été jugé anti-américain, même s'il connut un franc succès. Le souci : sa dimension pamphlétaire contre le relâchement des valeurs originelles de Démocratie et de Liberté. Ancien scout, Jefferson Smith est un jeune homme naïf et idéaliste de la campagne qui se voit offrir une chance de siéger au Sénat. Sa désillusion sera à la hauteur de sa naïveté. Confronté à la triste réalité, où de "respectables canailles" tiennent une partie de la politique entre leurs mains, il s'érige en homme courageux qui fait planer son ombre sur le Sénat. Par le biais de l'obstruction parlementaire, une technique visant à ralentir l'approbation d'une proposition de loi, il se réserve le droit de parole aussi longtemps qu'il le peut — jusqu'à en être paralysé et tomber par terre. Ce film sincère et drôle raisonne aujourd'hui encore d'une grande actualité. Les prestations des acteurs sont tout simplement exceptionnelles, à l'image de Jimmy Stewart en Jefferson Smith et de Jean Arthur en secrétaire cynique.

Au début de son aventure à Washington, Jefferson Smith prend le bus et visite tous les monuments de la ville en lien avec l'instauration de la démocratie, dont le Mémorial Lincoln qui l'impressionne vraiment. La réaction de ce jeune homme qui se laisse chavirer par la grandeur de la capitale américaine et par l'histoire de son pays est touchante. On est également ému lorsqu'il lit sa proposition de loi devant l'assemblée du Sénat — tout tremblant et hésitant. Il a déjà beaucoup progressé lorsqu'il présente courageusement sa tentative d'obstruction devant les sénateurs. Son idéalisme et son humour inébranlable finissent d'ailleurs par gagner le cœur du public et du président du Sénat, pour notre plus grand soulagement. Après vingt-trois heures passées à occuper l'auditoire, sa voix est rauque et il affiche une barbe naissante... Puis, épuisé, il s'évanouit. C'est alors que les hommes politiques corrompus confessent la manipulation qu'ils ont orchestrée autour de la venue de Jefferson Smith au Sénat. Notre héros obtiendra néanmoins le *happy end* qu'il mérite !

1 5 10

LUKE JACKSON
PAUL NEWMAN

Luke la main froide (1967) – Stuart Rosenberg

Héros de guerre, Lucas Jackson écope de deux ans dans un pénitencier de Géorgie pour avoir détruit des parcmètres en état d'ivresse. Si son indépendance et son sens de l'humour le rendent impopulaire parmi les gardiens, il est adoré par ses codétenus. Son surnom "Luke la main froide" lui vient d'une partie de poker qu'il a remportée sans avoir une bonne main. Paul Newman insuffle à Luke le charme impénétrable inhérent à son caractère. Lui-même s'est d'ailleurs imposé comme l'un des acteurs les plus libres d'Hollywood. Et même lorsque Luke subit une dépression qui l'entraîne au fond du gouffre, il continue de séduire son entourage et d'irriter ses ennemis.

Tous les faits et gestes de Luke prennent des proportions démesurées en raison du culte que lui vouent ses codétenus. Parmi les épisodes qui vont construire ce culte : le match de boxe qu'il perd mais qui lui vaut un respect éternel ; son obstination à avaler cinquante œufs en une heure par défi pur ; sa provocation à l'égard des gardiens, lorsqu'il enjoint ses camarades à poursuivre leur besogne en dépit du commandement ; ses nombreuses évasions et, naturellement, les mots avec lesquels il clôt le film, citant avec ironie le sadique chef du pénitencier : "Nous sommes confrontés ici à un échec de communication".

1 5 10

MARQUISE DE MERTEUIL

ANNETTE BENING

Les Liaisons dangereuses (1959) – Roger Vadim
Les Liaisons dangereuses (1988) – Stephen Frears
Valmont (1989) – Milos Forman
Sexe intentions (1999) – Roger Kumble

Rôle repris par : Jeanne Moreau, Sarah Michelle Gellar

La Marquise de Merteuil est le fameux personnage issu du roman *Les Liaisons dangereuses*, de Choderlos de Laclos (1782). Glenn Close et Annette Bening en offrent des interprétations diaboliques. À la fois cruelle et drôle, cette femme résolument moderne contourne avec talent les règles et la morale de son époque pour les accommoder à sa propre sauce. On se régale en assistant à ses tentatives de corruption d'une jeunesse innocente, qui n'est pas sans conséquence pour la réputation de ses "candidats" comme pour sa propre notoriété. Sans même nous en rendre compte, nous attendons sa chute avec impatience et délectation. La Juliette de Merteuil, interprétée par Jeanne Moreau, ainsi que la Kathryn Merteuil de *Sexe Intentions* sont tout aussi remarquables. Les actrices sont parvenues à rendre plus actuel un personnage du XVIIIe siècle, en le transposant dans le Paris des années 60 ou le New York contemporain. Dans tous les cas, la Marquise de Merteuil reste formidablement dépravée.

Quelle que soit l'interprétation que l'on choisit de retenir, la Marquise de Merteuil sait toujours parfaitement comment manipuler les autres. Alors qu'elle conquiert à force de beaux discours la très guindée Madame de Volanges et sa fille Cécile, elle parvient ensuite à les pousser sur des chemins beaucoup moins raisonnables. La tension sexuelle omniprésente qui existe entre elle et Valmont — qui relève davantage d'une habitude bornée que d'une émotion sincère — demeure une source d'inspiration infinie pour les réalisateurs. Dès lors que ce mécanisme est posé, nous sommes emportés dans une spirale infernale qui se dénouera par la défaite de l'intrigante, privée de ses plus précieux attributs : son nom et sa réputation. Dans le film de Stephen Frears, cette chute est joliment mise en scène par une Glenn Close déconfite qui, retirant son maquillage, nous dévoile son vrai visage, derrière un rideau de larmes.

1 5 10

" JE SUIS DEVENUE UNE VIRTUOSE DE LA TROMPERIE."

GLENN CLOSE

MADEMOISELLE RATCHED

LOUISE FLETCHER

Vol au-dessus d'un nid de coucou (1975) – Milos Forman

Vol au-dessus d'un nid de coucou, d'après le livre de Ken Kesey, est un récit allégorique qui donne à voir le cheminement d'un esprit libre au sein d'un système discrétionnaire. Mademoiselle Ratched — avec son uniforme militaire, sa coiffure impeccable et son attitude imperturbable — représente ce système à merveille. Il s'agit ici de l'infirmière-chef d'une institution psychiatrique, qui règne sur son département avec l'autorité absolue d'un dictateur et exploite les faiblesses de ses patients pour qu'ils restent dociles. Convaincue de sa légitimité, elle ne se montre amicale que lorsqu'elle veut accroître sa domination. Et bien que persuadée d'être bienveillante à l'égard de ses patients, elle maintient son contrôle sur tous leurs faits et gestes, de leur médication à leurs passages aux toilettes. Pour son interprétation de ce personnage parmi les plus haïs de tous les temps, Louise Fletcher a remporté un Oscar bien mérité.

Mlle Ratched fait preuve d'une cruauté déconcertante. On le voit dans son rapport avec le jeune bègue Billy Bibbit (Brad Dourif), un patient présentant un important complexe d'Œdipe. Alors que ce dernier vient de perdre sa virginité avec une prostituée (une amie du lubrique McMurphy, interprété par Jack Nicholson), il est calme et détendu. Il semble même que son bégaiement s'estompe. La terrible Mlle Ratched commence alors son travail de sape, le menaçant d'aller raconter ses "exploits" à sa mère... Sa relation maternelle constituant le nœud de ses troubles, Billy tombe dans un profond désespoir et se donne la mort. Lorsqu'il l'apprend, McMurphy tente d'étrangler l'infirmière-chef. Si la situation reste globalement inchangée au sein de la pension, une nouvelle règle est néanmoins instaurée : Mlle Ratched est désormais contrainte de communiquer avec eux par l'intermédiaire d'un micro, diminuant de fait son emprise sur l'établissement.

1 5 10

"SI M. McMURPHY NE VEUT PAS PRENDRE SES MÉDICAMENTS PAR LA BOUCHE, JE SUIS SÛRE QU'ON POURRA S'ARRANGER POUR QU'IL LE FASSE D'UNE AUTRE FAÇON."

OSKAR SCHINDLER
LIAM NEESON

La Liste de Schindler (1993)
– Steven Spielberg

Basé sur le livre *Schindler's Ark*, de Thomas Keneally, ce film évoque le parcours d'un survivant juif de la Seconde Guerre mondiale. Avec subtilité, Liam Neeson redonne vie à l'homme d'affaires allemand Oskar Schindler, qui a profité de la guerre en Pologne pour faire fructifier sa fortune. Jouant de son charisme pour parvenir à ses fins, il parvient à monter une entreprise dont la force de travail est constituée d'ouvriers juifs — meilleurs marchés que les polonais. Bon vivant, il ne cache pas ses penchants pour l'alcool, les cigarettes, les femmes et l'argent. Mais bientôt, sa compassion le rattrape. Sous le regard de son admirable comptable, Stern (Ben Kingsley), il ne peut continuer à nier les atrocités de l'Holocauste. Utilisant dès lors sa fortune pour racheter plus de 1 100 Juifs condamnés à Auschwitz, il s'efforce de rapatrier ses ouvriers dans son usine de Tchécoslovaquie. Dans son élan d'altruisme, il essaiera même de convaincre d'autres hommes d'affaires d'agir comme lui.

Tout au long de ce film de trois heures, le personnage de Schindler change radicalement mais reste crédible. On aime le lent basculement qui opère, le faisant passer d'un entrepreneur cupide à un individu dévoué qui dilapide sa fortune pour sauver le plus de Juifs possible. Mais plus encore que Schindler le bon vivant ou Schindler l'humaniste, ce sont les visages anonymes des quelque mille personnes qu'il sauve qui marquent notre esprit.

1 5 10

" CE SONT MES OUVRIERS. ILS DEVRAIENT ÊTRE DANS MON TRAIN. ILS SONT ESSENTIELS."

RICK BLAINE
HUMPHREY BOGART

Casablanca (1942) – Michael Curtiz

Rick Blaine est le propriétaire d'un night-club huppé situé dans le Maroc français au temps de la Seconde Guerre mondiale. Légèrement alcoolique, la raison de son cynisme nous apparaît lorsqu'Ilsa (Ingrid Bergman), son ancien amour, franchit la porte de son bar. En présence de la jeune femme, ses allures de petit chef impitoyable laissent place à une belle sensibilité ; car Ilsa le touche au plus profond de son âme. *Casablanca* est devenu un classique, notamment grâce à la performance d'Humphrey Bogart en antihéros rebelle, égoïste et néanmoins cool. À la fin du film, il abandonne l'amour de sa vie pour rejoindre la lutte contre les Nazis et ainsi aider Victor, le mari d'Ilsa. Un sacrifice des plus fédérateurs — quelle femme, en effet, ne craquerait pas pour un homme qui lui témoigne un amour infini et se détourne d'elle pour accomplir un acte de bravoure ?

Aucun film n'aura jamais été autant cité que *Casablanca* — et pas toujours avec la plus grande exactitude. La chanson "*Play it again, Sam*", notamment, n'a jamais été reprise littéralement. Pourtant, la scène d'où fut tirée cette fausse citation est l'une des plus émouvantes du film. Ilsa demande à Sam, le pianiste, de jouer au piano le titre "*As Time Goes By*" et, alors qu'il chante, Rick entre dans la pièce plus furieux que jamais. Il semblerait que les deux hommes se soient en effet entendus au préalable afin que Sam ne rejoue plus jamais cette chanson entre les murs du night-club. L'échange de regards qui s'ensuit entre Rick et Ilsa est éloquent. La légende raconte que pendant le tournage du film, Ingrid Bergman ignorait avec lequel de ses deux amours elle finirait au terme de la narration. La conclusion du film nous convient en réalité parfaitement, car nous portons tous un peu en nous des démons de Rick.

1 5 10

"DE TOUS LES BARS À GIN DE TOUTES LES VILLES DU MONDE, ELLE ENTRE DANS LE MIEN."

T.E. LAWRENCE
PETER O'TOOLE

" RIEN N'EST ÉCRIT."

Lawrence d'Arabie (1962) – David Lean

Cette épopée longue de quatre heures est l'un des films les plus marquants de l'histoire du cinéma. Il s'agit davantage d'un récit romanesque que de la biographie d'un personnage historique. T. E. Lawrence, auteur et excentrique officier aux yeux bleus, est un lieutenant de l'armée britannique posté au Caire durant la Seconde Guerre mondiale. Sa dureté et sa connaissance des Bédouins lui valent d'être envoyé dans le désert pour enquêter sur les plans du prince Feidal (Alec Guinness). La mer de sable devient le théâtre de l'arrivée de ce héros flamboyant et borné, qui déborde d'un charisme théâtral. On observe ses questionnements intérieurs au sujet de la violence (qu'il apprécie) et de son attirance pour les us et coutumes arabes qu'il oppose à la raideur britannique. L'homosexualité révélée du véritable Lawrence n'est pas mentionnée explicitement dans le film. Mais à observer le jeu de Peter O'Toole, ainsi que ses relations avec les différents protagonistes (principalement masculins), le réalisateur n'a clairement pas cherché à proscrire cet aspect de la personnalité de son héros.

Dans cet interminable classique, on retient principalement la longue traversée de Lawrence dans le désert de Nefoud et sa décision de revenir sur ses pas pour sauver un certain Gasim. Il devra finalement, du fait des circonstances et en partie contre sa volonté, abattre cet homme qu'il appréciait réellement. Lors d'une autre séquence, dans laquelle Lawrence reçoit des vêtements traditionnels arabes de la part du cheikh Ali (Omar Sharif), il s'adonne à une danse mémorable. On se souvient également de la scène controversée où Lawrence torture l'officier Bey avec un sadisme insoupçonné. Mais la principale découverte que nous offre ce film mythique est un voyage silencieux et austère à travers les somptueux paysages du désert. Seule, au loin, se détache lentement la silhouette d'un homme, Lawrence d'Arabie, qui dévoile peu à peu sa personnalité, grâce à une mise en scène d'une grande intensité.

1 5 10

TERRY MALLOY
MARLON BRANDO

"J'AURAIS PU ÊTRE UN CANDIDAT. J'AURAIS PU ÊTRE QUELQU'UN AU LIEU D'ÊTRE LE CLOCHARD QUE JE SUIS."

Sur les quais (1954) – Elia Kazan

Ce récit qui aborde la question de la dénonciation a été tourné à l'apogée de la période anticommuniste américaine (durant laquelle le réalisateur Elia Kazan est connu pour avoir lui-même divulgué des noms), aux alentours des quais de Hoboken où un grand nombre de vrais dockers ont servi de figurants. Vêtu de sa fameuse veste à carreaux rouge et noire, Terry Malloy est un ancien boxeur hanté par ses démons après avoir indirectement participé à l'assassinat d'un informateur potentiel. Mais l'amour qu'il ressent pour sa sœur Edie (Eva Marie Saint) le préoccupe encore davantage. Les docks et les syndicats sont gérés par le gangster Johnny Friendly, et tous les témoins s'accordent sur une même ligne de conduite : "*deaf and dumb*" — "sourds et muets". Marlon Brando sait parfaitement faire transparaître les tensions qui traversent son personnage, partagé entre sa stature robuste et son naturel délicat. Son personnage dégage, en alternance, sex-appeal légendaire et sensibilité tourmentée. Imparable : sa complexité nous frappe en plein cœur.

Pour beaucoup, ce film contient l'une des scènes les plus émouvantes de l'histoire du cinéma. Terry et son frère Charley (le bras droit de Friendly) se trouvent dans un taxi. Dans sa tentative de convaincre Terry de ne pas révéler d'informations compromettantes, Charley finit par pointer son revolver dans sa direction. Terry ne réagit pas et affiche un visage atterré et profondément triste. C'est alors qu'il réalise qu'il a été manipulé et que ses chances de devenir un boxeur reconnu ont été gâchées par Charley. Il prononce alors des paroles poétiques qui s'inscriront dans le temps. Brando offre un autre grand moment de cinéma lorsqu'il improvise avec le gant d'Edie, tombé accidentellement. Quant au final du film, il célèbre le triomphe de Terry : le docker au grand cœur gagne ses galons de héros.

1 5 10

THELMA DICKINSON ET LOUISE SAWYER

GEENA DAVIS & SUSAN SARANDON

Thelma & Louise (1991) – Ridley Scott

Une serveuse au passé difficile (Louise) et une femme au foyer mariée à un homme narcissique (Thelma) partent un week-end à la pêche. Elles ne sont pas encore très loin lorsque Thelma se fait agresser et échappe de peu à une tentative de viol, et que Louise abat l'agresseur de son amie. À contrecœur, les deux jeunes femmes remontent dans leur Thunderbird 1956 et entreprennent une cavale infernale, drôle et émouvante. Avec ce film, le genre même du *road movie* américain est renouvelé, notamment parce que les héroïnes sont des femmes. Au fur et à mesure de leurs pérégrinations, leurs caractères s'affirment. Alors que Louise demeure moins assurée que Thelma, cette dernière se révèle une braqueuse de magasins frénétique. Révoltées par les hommes, stupides et sexistes, elles finissent par croiser un enquêteur (Harvey Keitel) auquel elles accordent leur confiance. Portées par une liberté nouvelle, Thelma et Louise refuseront de renoncer à leur affranchissement — quoi qu'il leur en coûte.

Le final de *Thelma & Louise* (le grand saut de la Thunderbird dans le vide au-dessus du Grand Canyon) est connu dans le monde entier. On regrette de ne pas assister à l'impact définitif, qui aurait encore souligné davantage le message porté par le film. Mais celui-ci regorge de scènes qui méritent d'être évoquées ici. Au cours de leur échappée, les deux jeunes femmes tombent à plusieurs reprises sur le même chauffeur de poids lourd ; lorsqu'il les voit, ce dernier ne peut s'empêcher de leur adresser des signaux lubriques en remuant sa langue de façon suggestive. C'est alors que Thelma et Louise élaborent un plan imparable pour lui apprendre la politesse : après l'avoir attiré en dehors de la route avec la promesse de lui faire passer du bon temps, elles explosent son réservoir d'essence à l'aide d'un revolver et lui font un speech bien senti quant à sa manière de se comporter avec les femmes. Cette production signe également la première apparition marquante de Brad Pitt au cinéma ; une aubaine pour Thelma qui s'offre du bon temps avec le jeune et sexy étalon en tenue de cow-boy !

1 5 10

LES INCLASSABLES

Les personnages présentés dans ce chapitre sont "hors catégorie". Qu'ils sortent de films d'un genre indéfinissable ou qu'ils soient en eux-mêmes des êtres à part, tous se distinguent pour des raisons diverses. Certains sont outrageusement timides, d'autres sont irréductibles ou vindicatifs. On retrouve également dans cette section des femmes fatales schizophrènes et des héros de la blaxploitation , ou tout droit sortis de films noirs. Bons ou mauvais, tous ces personnages sont incontestablement atypiques. Jugez par vous même... Vous y croiserez pêle-mêle un petit garçon qui devient l'ami d'un extraterrestre, une gouvernante en jupons qui possède un parapluie magique ou encore une épouse assoiffée de vengeance armée d'un sabre de samouraï. Laissez voguer votre imagination et entrez dans l'arène !

LES INCLASSABLES

AMELIE POULAIN
AUDREY TAUTOU

Le Fabuleux Destin d'Amélie Poulain (2001) – Jean-Pierre Jeunet

Bien qu'elle ait suscité certaines réactions négatives, Amélie Poulain demeure l'une des héroïnes les plus positives que le cinéma ait un jour mis en scène. Elle vit sa vie à la manière d'un personnage de conte pour enfant ou de film muet ; joyeuse et innocente, ses yeux profonds et écarquillés contemplent le monde avec malice. Un peu comme une Audrey Hepburn des temps modernes, elle distille son charme énigmatique auprès de tous ceux qui l'approchent, les jeunes, les vieux, les hommes et les femmes. Cette fable contemporaine débute avec l'annonce de la mort de Lady Diana, qui pousse Amélie Poulain à vouloir mettre un peu de magie dans la vie des petites gens en apportant à leur quotidien un soupçon d'excentricité. Mais toute cette mise en scène ne serait-elle pas une habile stratégie lui permettant de ne pas prendre sa propre vie en main ? Seule la rencontre avec un individu aussi décalé qu'elle parviendra à la faire sortir de sa carapace.

Le jeu de séduction parfaitement orchestré qu'elle met en scène pour l'homme de sa vie, avec en toile de fond les rues de Paris idéalisées, est inoubliable. On se souvient des cartes postales qu'elle envoie à son père, sur lesquelles apparaît un nain de jardin qu'elle a dérobé chez lui, photographié à côté des plus célèbres monuments du monde comme s'il s'était soudain transformé en un infatigable globe-trotter. Monsieur Collignon, le marchand de légumes, est un autre personnage marquant. Pour le punir de la façon détestable dont il traite Lucien, son commis, Amélie met sur pied des tours qui vont lui donner l'impression de devenir fou. Enfin, lorsque notre héroïne perd courage au point de souhaiter se faire disparaître, elle se liquéfie littéralement : ne reste plus d'elle qu'une flaque d'eau répandue sur le sol.

1 5 10

AURIC GOLDFINGER
GERT FROBE

Goldfinger (1964) - Guy Hamilton

Goldfinger est un Bond frénétique qui affiche la couleur dès le générique d'entrée introduit par la voix suave de la divine Shirley Bassey. Le terrible Auric Goldfinger est sans doute le personnage le plus sinistre de toutes les aventures de l'agent 007 — pire encore que Blofeld, Dr. No ou Le Chiffre. Ce trafiquant d'or obsédé par le métal noble est interprété par Gert Fröbe ; Michael Collins lui prête sa voix. Dès la scène où il provoque la mort d'une des conquêtes de James Bond, en la recouvrant d'une peinture d'or asphyxiante, on constate à quel point Auric est cruel et impitoyable, en plus d'être intelligent et futé. Il est aidé par : une vieille grand-mère armée d'une mitraillette, une femme pilote sexy mais peu chaleureuse (Pussy Galore) et Oddjob, un Coréen pas très malin, véritable force de la nature qui utilise comme arme secrète un chapeau melon en acier. Le terrible Goldfinger doit regretter de ne pas avoir tué Bond lorsqu'il en avait la possibilité, car à la fin, il termine dans les airs après être passé à travers le hublot d'un avion.

La scène dans laquelle Bond échappe de justesse à une émasculation au rayon laser est culte. Goldfinger, pour sa part, n'a qu'un seul objectif : étendre son pouvoir et sa fortune à n'importe quel prix. Il nous offre un exemple hilarant de sa loufoquerie lorsqu'il explique aux chefs mafieux les tenants et les aboutissants de son opération "Grand Slam", qui consiste à rendre radioactif le stock d'or de Fort Knox afin que ses réserves d'or personnelles prennent de la valeur. Sa présentation, appuyée par de magnifiques maquettes animées, est d'une rare sophistication ; mais elle sera finalement superflue puisqu'il asphyxiera les gangsters à la fin de la réunion. Pas de témoins gênants. Heureusement que James Bond a pris note de ces plans diaboliques, bien à l'abri caché dans le sous-sol...

1 5 10

" NON MR. BOND, J'ATTENDS QUE VOUS MOURRIEZ."

BEATRIX KIDDO / LA MARIEE
UMA THURMAN

Kill Bill Vol. 1 (2003), *Kill Bill Vol. 2* (2004) – Quentin Tarantino

Beatrix Kiddo est une ancienne tueuse à gages. Le jour de la répétition de son mariage, une bande de tueurs s'infiltre dans la cérémonie et tire sur la foule en présence. Après avoir été touchée, elle sombre dans le coma. À son réveil, seule, elle a la certitude que son fiancé ainsi que l'enfant dont elle est enceinte ont perdu la vie. C'est alors qu'elle jure de se venger de ses assaillants, qui travaillent pour son ancien employeur, la *Deadly Viper Assassination Squad*. Au bout de sa quête, il lui faudra régler son compte à son ancien patron et amant, Bill. L'aventure est menée tambour battant et étayée de nombreuses références à des films de genre, principalement des films d'arts martiaux. Tous les personnages (principalement féminins) se distinguent par les armes qu'ils utilisent. "Black Mamba" présente ainsi un sabre Hattori Hanzo très affuté. Dans ce film de vengeance inspiré entre autres par *Lady Snowblood* (1973), Uma Thurman (actrice fétiche de Quentin Tarantino) est émouvante et dangereusement sexy dans son rôle de justicière impitoyable vêtue d'une combinaison jaune à la Bruce Lee.

Dans le premier opus de la saga, Beatrix (dont on ne connaît pas encore le nom) anéantit à elle seule la bande des *Crazy 88* de O-Ren Ishii (Lucy Liu). Et même si elle ne se confronte pas réellement à 88 tueurs, son combat demeure un véritable tour de force. Dans le second opus, la jeune femme est enterrée vivante par Budd (Michael Madsen) avec seulement une lampe de poche à disposition. À force de persévérance, elle parvient à s'extraire de son cercueil et à retrouver l'air libre. Bien évidemment, Tarantino nous gratifie d'une scène mythique où il est question d'un pied. En fétichiste bien connu, il nous offre une scène aussi longue que cruciale où Uma (qui chausse du 43) sort de son coma et commande à ses orteils de bouger.

1 5 10

DJANGO
FRANCO NERO

Django (1966) - Sergio Corbucci
Django 2: Il grande ritorno (1987) - Nello Rossati

Django est le film fondateur du genre des westerns spaghettis. Violent à outrance, il est resté célèbre pour une scène longtemps censurée (qui a inspiré Tarantino pour *Reservoir Dogs*) dans laquelle l'un des personnages se fait couper l'oreille en guise de représailles. Disposant de trente suites non officielles, ce film culte a marqué la culture populaire. Franco Nero (qui semble avoir déjà tout vécu du haut de ses vingt-quatre ans) est Django, un étranger aux yeux bleus qui se balade avec un cercueil et qui n'a qu'une idée en tête : venger le meurtre de sa femme. L'action se passe dans le cadre d'une petite ville fantôme de l'Ouest, particulièrement boueuse et peuplée de bandits mexicains. On y trouve également une bande de meurtriers racistes qui se distinguent par leurs capes rouges et leurs rites autour de croix en feu. Avec ses vêtements en lambeaux et sa barbe de trois jours, Django est un vrai antihéros — beau, assoiffé de vengeance et obsédé par l'argent. Bien qu'il sauve la petite prostituée Maria d'une mort certaine et qu'il ait un regard brûlant, le film reste néanmoins très chaste.

La scène d'ouverture du film est légendaire. L'image d'un homme vagabondant dans le désert boueux en traînant derrière lui un cercueil va à l'encontre du cliché traditionnel des westerns américains classiques, qui font le plus souvent apparaître un inconnu sur son cheval dans le lointain, sur fond de paysages à couper le souffle. La scène où le héros ouvre pour la toute première fois le cercueil à l'intérieur duquel on découvre une mitrailleuse démesurée est également troublante. Tout comme le regard de Django, traversé de plaisir, lorsqu'il tire sur les membres d'un clan avec son arme. À la fin du film, Django a les mains brisées, mais il parvient à vaincre malgré tout son ennemi juré sur le lieu symbolique du cimetière où son épouse a été enterrée.

1 5 10

ELLIOTT
HENRY THOMAS

E.T. l'extra-terrestre (1982) - Steven Spielberg

Elliott a dix ans. Son père vient juste de quitter la maison. Il a un frère, Michael, et une sœur, Gertie. Mais tous trois se sentent souvent seuls et malheureux. Elliott, plus que tout autre, a besoin d'un ami. Un jour, il fait la connaissance de E.T., un extraterrestre oublié par erreur sur la Terre par ses semblables. Tous deux se sentent délaissés. Ce conte sur une amitié improbable est presque entièrement raconté et filmé du point de vue de l'enfant ou de l'extraterrestre. Lorsqu'Elliott, qui a établi une connexion mentale avec son ami de l'espace, prévient tout le monde que celui-ci va mourir, les adultes ne peuvent bien évidemment pas le croire. Souhaitant d'abord garder son ami près de lui, le petit garçon finit par comprendre que E.T. ne pourra trouver le bonheur que chez lui, dans sa "maison", entouré de ses semblables.

Le jour d'Halloween, Elliott et Michael se mettent en route avec E.T. à leurs côtés, déguisé en Gertie et habillé comme un fantôme. Cette scène comique (où E.T. poursuit un individu en costume de maître Yoda tout en criant "*home*", "maison") précède l'un des instants les plus magiques de toute l'histoire du cinéma. Dans cette scène inoubliable, E.T. emmène Elliott dans les airs sur un vélocross. Ensemble, ils survolent les bois et passent dans la lumière de la lune, accompagnés par la musique de John Williams. Chair de poule assurée ! Suite à la sortie du film, les ventes de BMX se sont elles aussi envolées. À ne pas manquer dans les bonus du DVD, l'audition du petit Henry Thomas. Le jeune acteur est surprenant, tant il semble capable de pleurer de façon juste et déchirante sur commande. Pas étonnant qu'à la fin de la prise, Steven Spielberg déclare : "Ok, petit, tu as le rôle".

1 5 10

"JE CROIRAI EN TOI TOUTE MA VIE, TOUS LES JOURS."

FOXY BROWN
PAM GRIER

Foxy Brown (1974) - Jack Hill

Pam Grier est la plus grande héroïne de la blaxploitation. Ce genre cinématographique, qui a connu ses heures de gloire dans les années 70, regroupe des films bons marchés dans lesquels des acteurs noirs tiennent les rôles principaux et baignent dans un univers de sexe, de drogue et de violence. Dans *Foxy Brown*, Foxy veut venger le meurtre de son ami, un policier infiltré dans le milieu de la drogue, trahi par son frère dealer. Pour parvenir à ses fins, elle infiltre les bas-fonds en se faisant passer pour une prostituée, exhibe sa poitrine proéminente, alterne coiffures et tenues les plus folles et fait sévèrement payer aux hommes leurs mains trop baladeuses. Son frère la surnomme *"A Whole Lot of Woman"* ("un sacré brin de femme") et il n'a pas tort : Foxy Brown avance avec aplomb dans cet univers masculin et violent grâce à son charisme et son sex-appeal. Séduisante et forte à la fois, elle est très déterminée à l'idée de punir les méchants. Malgré ses dialogues un peu pauvres, son message incertain et son ton politiquement incorrect, *Foxy Brown* se savoure sans modération.

Lorsque Foxy décide de se venger, elle ne cherche pas simplement à tuer ses ennemis ; elle veut les faire souffrir. Elle élabore donc un plan imparable pour se débarrasser du couple vicieux que forment Elias et Katherine Wall (baronne de la drogue et maquerelle). Foxy décide ainsi d'émasculer Elias et d'en faire profiter Mademoiselle Katherine, sachant que cette dernière ne supportera pas l'idée de l'impuissance sexuelle de son mari et préfèrera en finir avec la vie. Parmi les nombreuses scènes d'action du film (parfois laborieuses), on retient la violente dispute qui éclate dans un bar lesbien, où les tabourets volent dans la pièce. Assurément : le politiquement incorrect est parfois très drôle.

HANS LANDA
CHRISTOPH WALTZ

Inglourious Basterds (2009) – Quentin Tarantino

Inglourious Basterds est un long-métrage singulier sur la fin de la Seconde Guerre mondiale, tant pour les personnages qu'il met en scène que pour le jeu des acteurs. Figure emblématique du film, Hans Landa est un colonel SS surnommé à juste titre "Chasseur de Juifs". Il est sans doute l'un des méchants les plus surprenants et les plus ambigus qui soient : intelligent, charmeur et poli, il est aussi sournois, cruel et impitoyable. S'il prononce les pires horreurs, c'est toujours avec le sourire et dans l'une des quatre langues qu'il maîtrise. Landa est tellement éloquent qu'il peut, en quelques phrases, faire capituler le plus tenace des ses adversaires. En outre, il n'est guidé par aucune idéologie. Il privilégie toujours l'option qui lui apportera la plus grande satisfaction. Le jeu millimétré de Christoph Waltz insuffle à ce personnage une bonne dose de réalisme.

La tonalité *d'Inglourious Basterds* est annoncée dès la séquence d'ouverture. Avec intelligence et aplomb, le colonel Landa empresse un agriculteur français de dénoncer sans faire d'histoires la famille juive qu'il cache dans son sous-sol. On retrouve cette attitude faussement joviale chez l'officier SS lorsqu'il déguste une part d'apfel strudel aux côtés de Shosanna Dreyfus, tout en l'exhortant à attendre la crème fraîche pour attaquer son alléchant dessert. La jeune femme sait qu'il est le commanditaire du meurtre de sa famille et on attend avec angoisse le moment où il va la reconnaître lui aussi. Mais cela ne se produit pas, même si la crème se fait longuement attendre...

1 5 10

MARY POPPINS
JULIE ANDREWS

Mary Poppins (1964) – Robert Stevenson

Mary Poppins est un personnage tiré de la série de livres de Pamela Lyndon Travers, publiée pour la première fois en 1934. Dans les histoires d'origine, la gouvernante excentrique n'est pas tout à fait aussi gentille que dans le film. Équipée de son parapluie qui lui sert accessoirement de parachute, Mary Poppins atterrit au cœur du Londres edwardien dans le but de résoudre les problèmes de la famille Banks. Cette dernière, en effet, est en pleine effervescence car les enfants, pour attirer l'attention de leurs parents, chassent toutes les nounous qu'on leur propose les unes après les autres. Marquant le tout premier rôle de Julie Andrews au cinéma, Mary Poppins porte de formidables chaussures et un drôle de chapeau, dans le respect des illustrations de Mary Sheppard. Sa méthode est certes peu conventionnelle, mais elle parvient à susciter l'attention de M. Banks. Son sac mystérieux et ses tours de magie sont des atouts non négligeables... Mary Poppins est incontestablement *supercalifragilisticexpialidocious* !

Mary Poppins est un film qui a marqué la mémoire collective. Comment oublier en effet la joie communicative de Michael et Jane découvrant qu'ils peuvent ranger leur chambre d'un simple claquement de doigts ? Ou se faire servir le thé au plafond dans un grand éclat de rire ? Le passage en dessin animé dans la campagne, au cours duquel se déroulent une partie de chasse à courre et une course de chevaux, est d'une grande drôlerie, tout comme la joyeuse danse des ramoneurs sur les toits de Londres quand Mary surprend tout le monde en virevoltant telle une toupie. Le final est sentimental à souhait, lorsque Mary Poppins, satisfaite, quitte Londres confortablement suspendue à son parapluie. Un classique !

1 5 10

" À PEU DE CHOSES PRÈS, PARFAITE EN TOUS POINTS."

PHILIP MARLOWE
HUMPHREY BOGART

Adieu, ma belle (1944) – Edward Dmytryk,
Le Grand Sommeil (1946) – Howard Hawks,
La Dame du lac (1947) – Robert Montgomery,
La Valse des truand (1969) – Paul Bogart,
Le Privé (1973) – Robert Altman,
Adieu, ma jolie (1975) – Dick Richards,
Le Grand Sommeil (1978) – Michael Winner

Rôle repris par : Dick Powell, Robert Montgomery, James Garner, Elliott Gould, Robert Mitchum

Le détective privé de l'écrivain Raymond Chandler, qui a un faible pour ses clientes et le whisky, enquête sur la pègre de Los Angeles. Son personnage fut notamment incarné par Dick Powell, Elliott Gould et Robert Mitchum. Mais qui dit Marlowe dit immanquablement Humphrey Bogart. Si les livres qui ont inspiré les films se caractérisent par des intrigues nébuleuses, *Le Grand Sommeil*, (1946) n'en fait pas grand cas. Ce qui importe, au fond, est bien le nombre de fois où Bogart et Bacall tombent dans les bras l'un de l'autre au cours de l'intrigue. Une seconde version, intitulée *Le Port de l'angoisse*, est sortie en 1944, avec comme principal attrait le fait de reproduire le feu d'artifice entre les deux acteurs vedettes. Dans la peau de Marlowe, Bogart boit, fume et marmonne. Il n'est pas vraiment beau et n'ouvre pas assez la bouche mais, d'une certaine manière, parvient à nous charmer grâce à sa finesse. Des dialogues ciselés et à double sens servent le personnage de manière magistrale.

Les meilleurs moments du film *Le Grand Sommeil* sont ceux où Humphrey Bogart joue sur le registre de la séduction (souvent avec succès). Lorsqu'il évoque les "courses de chevaux" avec Lauren Bacall, le message est à peine masqué (cela dépend souvent de qui est en selle...). Lors de l'interrogatoire de la vendeuse de la librairie (Dorothy Malone), la pluie commence à tomber et Bogart dit, une bouteille de whisky dans la poche, qu'il préférerait se mouiller à l'intérieur qu'à l'extérieur ; après quoi la jeune fille tire les rideaux et déclare que la boutique est fermée pour le reste de l'après-midi...

1 5 10

" JE COLLECTIONNE LES BLONDES ET LES BOUTEILLES AUSSI."

PHYLLIS DIETRICHSON
BARBARA STANWYCK

Assurance sur la mort (1944) – Billy Wilder

Le titre de la nouvelle de James M. Cain et du film noir éponyme fait référence à une clause de police d'assurance : en cas de mort naturelle, le montant de l'indemnité est doublé. Le courtier en assurances Walter Neff (Fred MacMurray) fait la connaissance de la blonde Phyllis Dietrichson (Barbara Stanwyck), jeune femme languissante à la coiffure et au parfum bon marché. Il tombe rapidement sous le charme de sa plastique généreuse. Ensemble, ils imaginent un plan ingénieux pour assassiner Mr. Dietrichson et détourner l'argent de son assurance. Keyes (Edward G. Robinson), mentor et ami de Walter, est un spécialiste des enquêtes relatives aux fraudes à l'assurance. Très compétent, il est rapidement sur leurs talons après que cette mort suspecte ait été dénoncée. Lola, la fille de l'époux assassiné, pense également que Phyllis est à l'origine de la disparition de ses deux parents. Avec ce film, c'est la première fois qu'Hollywood met en lumière de manière aussi limpide les motifs et les moyens des assassins.

Lorsque Walter aperçoit Phyllis pour la toute première fois (au même moment que le spectateur), celle-ci se trouve en haut d'un escalier revêtue d'une simple serviette. À peine a t-il jeté un œil sur le bracelet attaché à la cheville de la jeune femme qu'il sait ce qu'il lui reste à faire. Lorsque Walter tue le mari, le visage de Barbara Stanwyck apparaît en gros plan sur un fond noir. Son regard est impressionnant — il porte la même expression que décrira plus tard sa belle-fille, Lola, en évoquant la mort de sa mère. Phyllis commence à montrer les dents peu de temps après l'assassinat, en arrangeant un rendez-vous secret avec Walter au supermarché. Quand elle se rend compte que son amant cherche à lui échapper, elle le menace. La passion entre eux n'est déjà plus qu'un lointain souvenir...

1 5 10

" JE SUIS POURRIE JUSQU'À LA MOELLE."

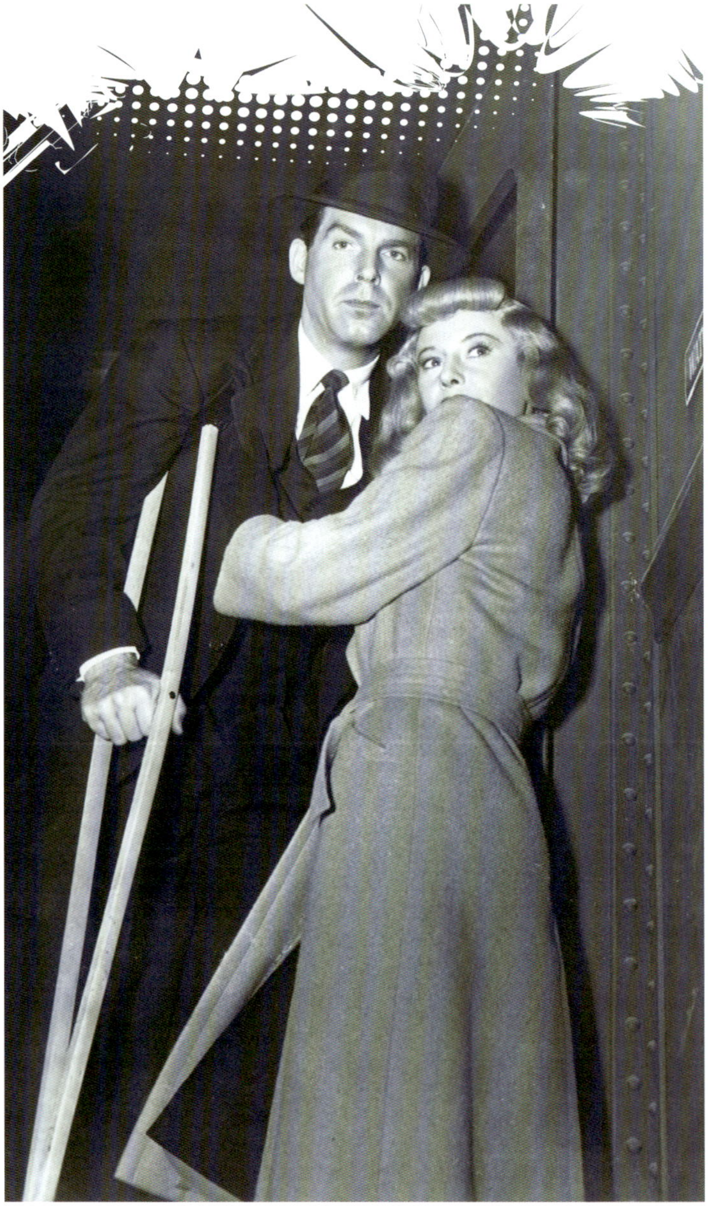

RHETT BUTLER

CLARK GABLE

Autant en emporte le vent (1939) - Victor Fleming

Rhett Butler est le héros *d'Autant en emporte le vent.* Ce classique des classiques se joue au temps de la gloire de l'*Old South* et de la Guerre civile américaine. Avec son rire suffisant et sa petite moustache, Rhett Butler (Clark Gable) éprouve un désir ardent pour Scarlett O'Hara (Vivien Leigh) dès le jour où il l'a vue et déshabillée du regard. Scarlett a peur de l'attirance qu'elle éprouve à l'égard de cet homme méprisant et de mauvaise réputation. Mais son arrogance et ses manières brutales ne manquent pas de charme... Rhett embrasse Scarlett avec emphase, tout comme il s'en sépare à deux reprises à des moments cruciaux de l'intrigue. Si le scénario dramatique suffit à lui-seul à justifier la notoriété de cette épatante production, ce sont les regards brûlants et les répliques inoubliables qui en ont scellé la légende.

Peu après son arrivée, Rhett Butler explique à Scarlett qu'il est d'une urgence capitale qu'elle soit enfin embrassée "sérieusement" par un homme. Lorsque cette heure arrive, Rhett laisse Scarlett trembler de tout son corps puis il l'embrasse avec passion, donnant naissance à l'un des baisers de cinéma les plus célèbres de tous les temps. Comme par provocation, il ajoute qu'il souhaiterait qu'elle s'évanouisse. Lorsqu'il retourne à ses anciennes habitudes, laissant Scarlett à sa destinée, il prononce cette phrase restée mythique : "Franchement, ma chère, c'est le cadet de mes soucis."

1 5 10

TYLER DURDEN
BRAD PITT

Fight Club (1999) – David Fincher

À l'origine, Tyler Durden est un personnage issu du roman de Chuck Palahniuk. Très charismatique, il incarne tout ce que la plupart des gens n'osent pas être. À l'aise avec sa virilité, il pisse dans la soupe, couche avec la petite amie des autres, se bat férocement et exhibe un corps sculpté. Tyler (Brad Pitt) est un anarchiste fermement opposé à la société de consommation. En compagnie du personnage qui raconte l'histoire, il instaure le *Fight Club*, une association où les hommes frustrés peuvent exprimer leur colère en s'adonnant à des affrontements amicaux mais violents. Peu après, il lance le *Project Chaos*, grâce auquel il espère créer un "monde parfait", selon des critères très personnels : un monde post-apocalyptique à partir duquel tout pourra être repris de zéro. Au fil de l'intrigue, le spectateur découvre pourquoi il est si difficile d'arrêter Tyler et ses plans insensés.

Fight Club nécessite idéalement deux visionnages. Au tout début du film, Tyler Durden n'apparaît à l'image que dans de très courtes séquences qui nous empêchent de l'identifier clairement. Parlant de lui, il confie avoir glissé des images obscènes à l'intérieur de films lorsqu'il était embauché pour raccorder des bobines dans un cinéma. L'ouverture du *Fight Club* donne lieu à un discours marquant sur les règles qui encadrent le fonctionnement de l'association. À la fin du film, alors qu'Edward Norton annonce à Helena Bonham Carter que tout est rentré dans l'ordre, tous les gratte-ciel de la ville sont soufflés au son de "*Where is my Mind*?", des *Pixies*. Malgré les apparences, c'est une image pleine d'espoir.

" CE N'EST QU'APRÈS AVOIR TOUT PERDU
QUE NOUS SOMMES LIBRES DE FAIRE CE QUE L'ON VEUT."

INDEX

C

D

H

I

M

N

O

S

T

U

V

W

Y

Z

CITATIONS ORIGINALES

p. 10 ***"People are gonna drink - you know that, I know that, we all know that, and all I do is act on that."***
Robert De Niro, The Untouchables (1987)

p. 12 ***"To few it'll be grief, to the law a relief, but it's death for Bonnie and Clyde."***
Faye Dunaway, Bonnie and Clyde (1967)

p. 13 ***"He's always with me. Like a bad habit."***
Julianne Moore, Hannibal (2001)

p. 14 ***"Made it, Ma! Top of the world!"***
James Cagney, White Heat (1949)

p.15 ***"The reality is that we do not wash our own laundry - it just gets dirtier."***
Al Pacino, Serpico (1973)

p. 16 ***"I am an exceptional thief, Mrs. McClane - and since I'm moving up to kidnapping, you should be more polite."***
Alan Rickman, Die Hard (1988)

p. 17 ***"Go ahead, make my day."***
Clint Eastwood, Dirty Harry (1971)

p. 18 ***"L.A.P.D.!! There's a BOMB on your BUS!!"***
Keanu Reeves, Speed (1994)

p. 19 ***"Yippie-ki-yay, motherfucker!"***
Bruce Willis, Die Hard (1988)

p. 20 ***"The greatest trick the Devil ever pulled was convincing the world he didn't exist."***
Kevin Spacey, The Usual Suspects (1995)

p. 22 ***"The closer you get to being a pro, the closer you can get to the client. The knife, for example, is the last thing you learn. "***
Jean Reno, Léon (1994)

p. 23 ***"Guys like you don't die on toilets."***
Mel Gibson, Lethal Weapon 2 (1989)

p. 24 ***"Les voitures sont faites pour rouler, pas pour s'arrêter."***
Jean-Paul Belmondo, À bout de souffle (1960)

p. 26 ***"Most people never have to face the fact that at the right time and the right place they're capable of ... anything."***
John Huston, Chinatown (1974)

p. 27 ***"Funny like I'm a clown? I amuse you?"***
Joe Pesci, Goodfellas (1990)

p. 28 ***"Make way for the bad guy!"***
Al Pacino, Scarface (1983)

p. 29 ***"Are you gonna bark all day, little doggie, or are you gonna bite?"***
Michael Madsen, Reservoir Dogs (1992)

p. 30 ***"I'm going to make him an offer he can't refuse."***
Marlon Brando, The Godfather (1972)

p. 34 ***"You see this? Huh?! NYPD! Means I will 'Nock Your Punk-ass Down!' '***
Will Smith, Men in Black (1997)

p. 35 ***"Do I make you horny?"***
Mike Myers, Austin Powers: International Man of Mystery (1997)

p. 36 ***"This is the cleanest and nicest police car I've ever seen in my life. This thing's nicer than my apartment."***
Eddie Murphy, Beverly Hills Cop (1984)

p. 37 ***"A dishonest man you can always trust to be dishonest."***
Johnny Depp, Pirates of the Caribbean: The Curse of the Black Pearl (2003)

p. 38 ***"Keep it still back there lady, or else we're gonna have to, ya know, to shoot ya."***
Steve Buscemi, Fargo (1996)

p. 40 ***"I'm not sure what four nines does, but the ace, I think, is pretty high."***
George Clooney, Ocean's Eleven (2001)

p. 42 ***"All the great ones leave their mark. We're the wet bandits."***
Daniel Stern, Home Alone (1990)

p. 43 ***"It won't be easy, that is why I have always failed where others have succeeded."***
Peter Sellers, The Pink Panther Strikes Again (1976)

p. 44 ***"A Big Mac's a Big Mac, but they call it 'Le Big Mac'."***
John Travolta, Pulp Fiction (1994)

p. 46 ***"You betcha!"***
Frances McDormand, Fargo (1996)

p. 47 ***"Are you trying to tell me that my mother has got the hots for me?"***
Michael J. Fox, Back to the Future (1985)

p. 50 ***"A good many dramatic situations begin with screaming."***
Jane Fonda, Barbarella (1968)

p. 52 ***"Bats frighten me. It's time my enemies shared my dread."***
Christian Bale, Batman Begins (2005)

p. 54 ***"Life's a bitch. Now so am I."***
Michelle Pfeiffer, Batman Returns (1992)

p. 55 ***"We came. We saw. We kicked its ass."***
Bill Murray, Ghostbusters (1984)

p. 56 ***"Follow the cold shiver running down your spine..."***
Willem Dafoe, Spiderman (2002)

p. 57 ***"When I can't fight it anymore, when it takes over, when I totally lose control... I like it."***
Eric Bana, Hulk (2003)

p. 58 ***"Why so serious?"***
Heath Ledger, The Dark Knight (2008)

p. 60 ***"I'm also not gay!"***
Aaron Johnson, Kick-Ass (2010)

p. 62 ***"Doesn't it give you kind of a, a, a... shudder... of electricity through you to be in the same room with me?"***
Gene Hackman, Superman (1978)

p. 63 ***"I believe the word you're looking for is 'aaahh'!"***
Danny DeVito, Batman Returns (1992)

p. 64 ***"It's injustice I hate, not the Normans."***
Errol Flynn, The Adventures of Robin Hood (1938)

p. 66 ***"Fly! Up, up and away web! Shazam! Go, web, go!"***
Tobey Maguire, Spiderman (2002)

p. 68 ***"I'm here to fight for truth, justice and the American way."***
Christopher Reeve, Superman (1978)

p. 70 ***"The pointy end goes into the other man."***
Antonio Banderas, The Mask of Zorro (1998)

p. 74 ***"If, by my life or death, I can protect you, I will. You have my sword."***
Viggo Mortensen, The Lord of the Rings: the Fellowship of the Ring (2001)

p. 75 ***"He'll crow. He'll fight. He'll fly. And then... he'll die."***
Dustin Hoffman, Hook (1991)

p. 76 ***"I never drink ... wine."***
Bela Lugosi, Dracula (1931)

p.78 ***"Look. There's Nanny."***
Harvey Stevens, The Omen (1976)

p. 80 ***"One, two, Freddy's coming for you."***
Children's song, A Nightmare on Elm Street (1984)

p. 82 ***"Oh... You would not part an old man from his walking stick?"***
Ian McKellen, The Lord of the Rings: The Two Towers (2002)

p.83 ***"Now Sid, don't you blame the movies, movies don't create psychos, movies make psychos more creative!"***
Skeet Ulrich, Scream (1996)

p. 84 ***"They ssstole it from us... my precioussss. Curse them! We hates them! It's ours, it is, and we wants it!"***
Andy Serkis, The Lord of the Rings: The Two Towers (2002)

p. 85 ***"Expelliarmus!"***
Daniel Radcliffe, Harry Potter and the Goblet of Fire (2005)

p. 86 ***"What's that stench?"***
William Vail, The Texas Chainsaw Massacre (1974)

p. 88 ***"Go on! Go back and grow up! But I'm warnin' ya: once you're grown up, you can never come back. Never!"***
Bobby Driscoll, Peter Pan (1953)

p. 90 ***"I can guarantee the closest shave you'll ever know."***
Johnny Depp, Sweeney Todd: The Demon Barber of Fleet Street (2007)

p. 92 ***"There is no good and evil. There is only power... and those too weak to seek it."***
Richard Bremmer, Harry Potter and the Sorcerer's Stone (2001)

p. 93 ***"I'll get you, my pretty... and your little dog too!"***
Margaret Hamilton, The Wizard of Oz (1939)

p. 96 ***"Human beings are a disease, a cancer of this planet. You are a plague, and we ... are the cure."***
Hugo Weaving, The Matrix (1999)

p. 98 ***"I'm from Iowa. I only work in outer space."***
William Shatner, Star Trek IV: The Voyage Home (1986)

p. 100 ***"I am your father."***
James Earl Jones, Star Wars: Episode V – The Empire Strikes Back (1980)

p. 102 ***"Get away from her, you bitch!"***
Sigourney Weaver, Aliens (1986)

p. 103 ***"I take orders from just one person: me."***
Harrison Ford, Star Wars (1977)

p. 104 ***"I'm Luke Skywalker. I'm here to rescue you!"***
Mark Hamill, Star Wars (1977)

p. 105 ***"I'm just here for the gasoline."***
Mel Gibson, Mad Max 2 (1981)

p. 106 ***"I know Kung-Fu."***
Keanu Reeves, The Matrix (1999)

p. 107 ***"Serve the public trust. Protect the innocent. Uphold the law."***
Peter Weller, RoboCop (1987)

p. 108 ***"I want more life, fucker."***
Rutger Hauer, Blade Runner (1982)

p. 109 ***"Do I look like the mother of the future?"***
Linda Hamilton, The Terminator (1984)

p. 110 ***"Hasta la vista, baby."***
Arnold Schwarzenegger, Terminator 2: Judgment Day (1991)

p. 114 ***"Naughty, naughty, naughty!"***
Malcolm McDowell, A Clockwork Orange (1971)

p. 115 ***"I'm not gonna be ignored, Dan!"***
Glenn Close, Fatal Attraction (1987)

p. 116 ***"I am your number one fan."***
Kathy Bates, Misery (1990)

p. 117 ***"What business is it of yours where I'm from... friendo?"***
Javier Bardem, No Country for Old Men (2007)

p. 118 ***"That's what preserves the order of things. Fear."***
Daniel Day-Lewis, Gangs of New York (2002)

p. 119 ***"Heineken? Fuck that shit! Pabst Blue Ribbon!"***
Dennis Hopper, Blue Velvet (1986)

p. 120 ***"I do wish we could chat longer, but I'm having an old friend for dinner."***
Anthony Hopkins, The Silence of the Lambs (1991)

p. 122 ***"I'm not gonna hurt ya, I'm just gonna bash your brains in."***
Jack Nicholson, The Shining (1980)

p. 123 ***"Would you fuck me? I'd fuck me. I'd fuck me hard."***
Ted Levine, The Silence of the Lambs (1991)

p. 124 ***"Come out, come out, wherever you are!"***
Robert De Niro, Cape Fear (1991)

p. 126 ***"It's just murder. All God's creatures do it."***
Woody Harrelson, Natural Born Killers (1994)

p. 128 ***"A boy's best friend is his mother."***
Anthony Perkins, Psycho (1960)

p. 130 ***"I think my mask of sanity is about to slip."***
Christian Bale, American Psycho (2000)

p. 131 ***"I always thought it would be better to be a fake somebody than a real nobody."***
Matt Damon, The Talented Mr. Ripley (1999)

p. 132 ***"You talkin' to me? Well, I'm the only one here."***
Robert De Niro, Taxi Driver (1976)

p. 136 ***"That'll be the day."***
John Wayne, The Searchers (1956)

p. 137 ***"I'll die unless you kill me!"***
Tom Cruise, Mission: Impossible III

p. 138 ***"What we do in life, echoes in eternity."***
Russell Crowe, Gladiator (2000)

p. 139 ***"I'm like a bad penny, I always turn up."***
Harrison Ford, Indiana Jones and the Last Crusade (1989)

p. 140 ***"Sheer magnetism, darling."***
Roger Moore, Live and Let Die (1973)

p. 144 ***"I'm on my own side now."***
Matt Damon, The Bourne Identity (2002)

p. 145 ***"I've always believed that the mind is the best weapon."***
Sylvester Stallone, Rambo: First Blood Part II (1985)

p. 146 ***"I would rather be a fool than a traitor. Or a killer."***
Charlton Heston, Ben-Hur (1959)

p. 147 ***"I feel the need ... the need for speed."***
Tom Cruise, Top Gun (1986)

p. 148 ***"Yo Adrian! I did it!"***
Sylvester Stallone, Rocky II (1979)

p. 150 ***"There's no living with a killing."***
Alan Ladd, Shane (1953)

p. 151 ***"Death is the only freedom a slave knows."***
Kirk Douglas, Spartacus (1960)

p. 152 ***"Too much talk. Tarzan way better."***
Johnny Weissmuller, Tarzan's Secret Treasure (1941)

p. 154 ***"They may take away our lives, but they'll never take our freedom!"***
Mel Gibson, Braveheart (1995)

p. 158 ***"We have the fucking power to kill, that's why they fear us."***
Ralph Fiennes, Schindler's List (1993)

p. 159 ***"You never really understand a person until you consider things from his point of view, until you climb inside of his skin and walk around in it."***
Gregory Peck, To Kill a Mocking Bird (1962)

p. 160 ***"My breasts are full of love and life."***
Elizabeth Taylor, Cleopatra (1963)

p. 162 ***"I've abandoned my child! I've abandoned my child! I've abandoned my boy!"***
Daniel Day-Lewis, There will be blood (2007)

p. 163 ***"They're called boobs, Ed."***
Julia Roberts, Erin Brockovich (2000)

p. 164 ***"Today, I consider myself the luckiest man on the face of the earth."***
Gary Cooper, The Pride of the Yankees (1942)

p. 165 ***"Liberty's too precious a thing to be buried in books."***
James Stewart, Mr. Smith Goes to Washington (1939)

p. 166 ***"Sometimes nothing is a real cool hand."***
Paul Newman, Cool Hand Luke (1967)

p. 168 ***"I became a virtuoso of deceit."***
Glenn Close, Dangerous Liaisons (1988)

p. 170 ***"If Mr. McMurphy doesn't want to take his medication orally, I'm sure we can arrange that he can have it some other way."***
Louise Fletcher, One Flew over The Cuckoo's Nest (1975)

p. 171 ***"These are my workers. They should be on my train. They're essential."***
Liam Neeson, Schindler's List (1993)

p. 172 ***"Of all the gin joints in all the towns in all the world, she walks into mine."***
Humphrey Bogart, Casablanca (1942)

p. 174 ***"Nothing is written."***
Peter O'Toole, Lawrence of Arabia (1962)

p. 175 ***"I coulda been a contender. I could've been somebody, instead of a bum, which is what I am."***
Marlon Brando, On the Waterfront (1954)

p. 176 ***"I've had it up my ass with sedate!"***
Geena Davis, Thelma & Louise (1991)

p. 180 ***"Vous, au moins, vous ne risquez pas d'être un légume puisque même les artichauts ont du cœur !"***
Audrey Tautou, Le Fabuleux Destin d'Amélie Poulain (2001)

p. 181 ***"No Mr. Bond, I expect you to die."***
Gert Fröbe, Goldfinger (1964)

p. 182 ***"It's mercy, compassion and forgiveness I lack. Not rationality."***
Uma Thurman, Kill Bill vol. 1 (2003)

p. 184 ***"You clean up the mess, but don't touch my coffin."***
Franco Nero, Django (1966)

p. 185 ***"I'll believe in you all my life, every day."***
Henry Thomas, E.T.: The Extra-Terrestrial (1982)

p. 186 ***"You just handle the justice, and I'll handle the revenge."***
Pam Grier, Foxy Brown (1974)

p. 187 ***"That's a bingo!"***
Christoph Waltz, Inglourious Basterds (2009)

p. 188 ***"Practically perfect in every way."***
Julie Andrews, Mary Poppins (1964)

p. 189 ***"I collect blondes and bottles too."***
Humphrey Bogart, The Big Sleep (1946)

p. 190 ***"I'm rotten to the heart."***
Barbara Stanwyck, Double Indemnity (1944)

p. 191 ***"With enough courage, you can do without a reputation."***
Clark Gable, Gone With the Wind (1939)

p. 192 ***"It's only after we've lost everything that we're free to do anything."***
Brad Pitt, Fight Club (1999)

CREDITS

Photos :
Toutes les images proviennent du British Film Institute,
à l'exception des pages 18, 36, 42, 52 (Image George Clooney), 71, 88, 98, 115, 130, 131, 153, 168, 170, 164 et 171 (Corbis)
et des pages 61 et 63 (Cinematek)